포스트 코로나19를 위하여

아침문학

포스트 코로나19를 위하여

아침문학

2020년 아침문학회 엔솔로지
아홉 번째 이야기

인문MnB

좌절에 절망을 거듭하면서도 또다시

김귀옥(아침문학회장)

아침문학회는 고덕도서관에서 유한근 교수님으로부터 문예 창작을 공부하던 사람들이 모여서 만든 동아리입니다. 2005년 '글벗'이라는 이름으로 창간호를 발간한 이래 아홉 번째 동인지를 만들게 되어 기쁩니다. 무엇보다 올해는 코로나19로 인해 수업이 중단되고, 모여서 공부할 수 있는 여건이 되지 않아 어려움이 많았습니다. 어려운 여건 속에서도 문우들은 습작을 멈추지 않았고, 덕분에 아홉 번째 이야기도 탄생하게 되었습니다.

긴 시간 동안 변화도 있었습니다. 아침문학회를 거쳐, 작가로서 우뚝 선 문인들도 많고, 그래서 떠난 회원도 없지 않지만 꿈을 가지고 새로 온 문우들도 많습니다. 올해 이정이 회원은 시집과 수필집을 냈고, 여행작가인 박연희 회원은 《인간과문학》에 수필로 등단했습니다. 열정이 없으면 이루지 못할 쾌거에 박수를 보냅니다.

글쓰기라는 게 그렇습니다. 연극배우가 연극이 전부인 것처럼, 글을 쓰는 것도 글을 쓰는 동안은 전부입니다. 나아지고 싶고 인정받고 싶은 겁니다. 합평 시간에 칭찬 한 번 들으면 온 세상을 다 가진 것 같고, 무슨 생각으로 썼는지, 주제가 뭔지 모르겠다는 평을 받으면, 쓸모없는 쓰레기가 된 것 같고, 재능이 없다고 자신을 탓하며 좌절에 절망을 거듭하면서도 또다시 나옵니다. 문학을 사랑하기 때문이지요. 사랑인 줄도 모르고 서서히 빠져드는 것이지요.

글을 쓰는 우리는 지금, 좋은 시절을 보내고 있다고 생각합니다. 좀 더 잘 쓸 수 있을지도 모른다며, 고치고 보완하고 희망에 절망의 물감을 섞어 백지를 걸어가는, 분명 좋은 시절입니다. 그저 시간이 무의미하게 지나가는 것이 아닌, 시간에 물방울 하나라도 떨어뜨려 가을 햇살에 반짝일 수 있다면, 그것만으로도 행복해질 것 같습니다. 회원 여러분의 다양한 작품들이 지나간 시간을 헛되지 않게 반짝임으로 남을 것이라 확신합니다. 앞으로도 오래 우리들의 문학 이야기는 멈추지 않을 것이라 기대합니다.

지도해 주신 유한근 교수님께 감사드립니다. 책이 나오기까지 애써 주신 이노나 편집장님 고맙습니다. 참여해 주신 우리 회원님들 고맙습니다. 사랑합니다.

포스트 코로나19의 문학 지평

유한근(문학평론가 · 지도교수)

1. 2020의 '아침문학회' 현황

코로나19로 인해 문화·예술 전반적 활동은 동결되었다. 문학은 다른 예술 분야의 타격보다는 덜해도 대외적인 문학 활동에는 마찬가지로 어려움이 있다. 문학인의 활동은 창작 활동과 대외적인 문학 관련 활동이 있다. 창작 활동의 경우에는 창작을 위한 자료 수집을 위한 취재나 경험을 위한 여행 등은 제한을 받을 수 있을 것이다. 그러나 집필 활동에는 코로나19와 무관하다. 그러나 집필 활동 이외의 문학 행사인 문학 심포지엄, 작가와의 만남, 문학 콘서트나 작품 낭송·낭독회, 시화전 그리고 출판기념회 등은 제한을 받을 것이다.

그러나 누구도 확언할 수 없는 일이지만 코로나19는 언젠가는 종결될 것이고, 그 이후의 문학의 판도나 창작 지평은 가늠해 봐야 할 것이다. 과거 시인은 예언자로서의 권능을 인정받았다. 그 예언이라는 것이 점쟁이처럼 미래에 벌어질 일들에 대한 예측이나 점술이 아니라, 미래의 정신사조를 예측한다든지 아니면 앞일을 극복해 나가야 하는 정신적 사조를 끌고 나가는 것을 의미한다.

이를 가늠하기 위해《아침문학》이번 호에서는 기획특집으로 '포스트 코로나19를 위하여'라는 제목으로 꾸미게 되었다. 이 특집에 원고를 김재근의 시〈직업윤리〉, 이노나의 시〈잘 지내니?〉, 이정이의 시〈코로나19 진혼곡〉, 신동현의 시〈코로나의 여름〉, 곽경옥의 수필〈열품타 회원이 되어〉, 이승현의 수필〈호모 사피엔스〉등이 참여했다. 많은 회원들이 참여하지 못한 것은 코로나19가 현재 진행 중이기 때문일 것이다. 하지만 인류의 재앙인 코로나19 이후의 우리의 모습을 문학적 상상력으로 예감해 봐야 할 것이다.

2019년 12월에 발간된《아침문학》제8호 이후에 등단한 사람은《인간과문학》2020년 겨울호 신인작품상 수필부문에 당선된 박연희이다. 박연희 수필가는 이미《여행작가》(현재 '여행문화'로 제호 변경됨)로 등단한 수필가이기도 하다. 기행수필이라는 장르수필에서 벗어나 본격적인 수필문학에 입문하기 위한 쾌거라 할 수 있을 것이다.

본 '아침문학회'의 또 다른 쾌거는 이정이 시인·수필가가 두 권의 저서를 펴낸 일이다. 시집《외딴섬》과 수필집《푸른 기와집》이다. 이정이 시인은 2019년 겨울호에《인간과문학》신인작품상 시부문으로 등단과 함께《숨은 꽃》(2019.12)을 펴냈지만, 이미 오래전에《한국수필》신인상으로 등단한 수필가이기도 하다. 이에 따라 수필집을 출판하려는 준비를 해오다가, 열정적인 시 창작으로 인해 두 번째 시집도 펴내게 된 것이다.

그리고 본회의 회장을 역임했고 '인간과문학파'가 주관하는 '더좋은문학상' 수상자이기도 한 김재근 시인이 세 번째 시집인《문사동 가는길》을 펴냈다. 이 시집의 키워드는 '생명', '자연' '자아성찰'이다. "김재근 시인은 자연친화 상상력을 통한 자연과 산山을 모티프로 한 시를 표현하지만, 그 모티프를 생명과 자아성찰을 연결시켜 그 표현의 방편으로 불교적 상상력을 통한 시에 생명 불어넣기를 시도하고 있다." "따라서 김재근 시인의 개인적 모티프는 첫 시집《형태소》와 두 번째 시집《삶의 의미》의 연장선 상에서 그 모티프들을 확대시켜나가고 있음을 살펴볼 수 있었다. 그러나 이제 그가 나아가야 할 지평은 자신의 개인적 모티프에 대한 사유를 좀 더 깊게 천착하는 일일 것"이라고 나는 이 시집의 해설에서 언급하였다.

또한 이번 9호에서는 소설 몇 편이 수록되고 있다는 점에서 주목된다. 김귀옥의〈길, 끄트머리〉, 이승현의〈은영이〉, 인선민의〈길에서 묻다〉, 그리고 이정자의 동화〈뻥튀기 아저씨〉 등이다. 아침문학회에서는 소설창작 강의와 합평을 통해서 소설과 아이들을 위한 소설인 동화를 습작하기는 했지만, 그동안 소설에 이노나, 이승현 작가만 배출되었다. 그럼에도 불구하고 여러 작가들은 부단한 도전을 위해 습작을 게을리하지 않았다.

아침문학회는 어떤 측면에서 문학 장르의 벽을 무너뜨리는 문학회이다. 포스트 코로나19 시대를 맞이하여 새로운 문학조류로 자리 잡게 될 문학 판도를 예측하여 준비하고 있는 그룹이다. 이번 앤솔로지를 통해서 알 수 있듯이 동인들 각자는 자신의 문학 역량에 따라 큰 욕심 없이 전공 장르에 구애받지 않고 작품을 발표한다. 그 예가 김귀옥의 소설〈길, 끄트머리〉와 수필〈서곡〉, 김재근의 시〈수락산〉외 2편과 수필〈양보와 배려〉, 신동현의 시〈예쁜 삼월〉외 2편과 수필〈강촌 구곡폭포〉외 2편, 이인환의 시〈지름길〉외 4편과 수필〈마음의 눈〉외 1편, 이정자의 수필〈뜸들이다〉와 동화〈뻥튀기 아저씨〉, 이정화의 시〈늙은 어머니가 있는 방〉외 1편과 수필〈케렌시아〉외 2편, 인선민의 소설〈길에서 묻다〉와 수필 〈'있었다'〉를 발표하고 있는 것이 그것이다.

하지만 아침문학 동인들은 아직도 시와 수필 위주로 작품들이 발표하고 있다. 그것은 시가 문학의 본령임과 수필의 미래문학 가능성을 알고 있기 때문이다. 포스트 코로나시대에서 우리의 생활 패턴은 많이 달라질 것이다. 역기능적으로는 가족 단위의 파편화 현상은 심화될 것이고 유통은 온라인을 통한 유기적 구조로 재편될 것이다. 그래서 교육 분야도 대면 교육보다는 비대면 교육인 온라인 교육이 더욱더 확대될 것이며, 전시공연 예술보다는 문학의 역할이 확대될 것으로 보인다. 비대면 문학 소통의 장르로서 분량이 작은 장르인 시와 수필, 그리고 아동문학을 더 선호할 것으로 보인다.

따라서 우리는 앞으로 전개될 이 시대의 미래문학 양상을 가늠해 보아야 할 때이다.

2. 미래문학으로서의 시와 수필

문학인들은 원형질적으로 역사의식과 선비의식을 지니고 있다. 작가의 재능보다는 역사의식을 중시했던 T.S.엘리어트는 역사의식을 전통의식으로 보고 있다. 그것은 진보보다는 보수를, 실험의식보다는 전통고수의식을 중시하는 고전주의적 사고에 접목된 문학관이다. 그리고 조선조 선비의 풍류정신과 자적自適정신, 애락愛樂정신과 긴밀한 관계를 가지고 있다. 이에 따라, 첨단에 대한 도전 정신이나 시대정신에는 민감하지 못할 수도 있다. 그래서 크로스오버시대에 대한 저항의식도 배제할 수 없다. 그러나 제諸 예술의 기층이 되고 있는 문학의 선도적 역할을 위해서도 크로스오버시대의 문학의 향방에 대한 관심을 가져야 할 것으로 보인다. 그 관심의 한 방향은 수필문학에 대한 전망이다.

여러 자리에서 나는 역설力說하기도 했지만, 오래전부터 수필은 문학의 핵심권에서 밀려나 변두리 문학으로서 명맥을 유지해왔다. 잠시《한국일보》신춘문예에서 수필 부분이 신설되어 진행되어 오다가 몇 년이 지난 후 폐지되었고, 주요일간지에서는 외면당하고 있다. 그나마 일부 몇 군데 지방신문사만이 그 제도를 고수하고 있는 실정이다. 그뿐만 아니라 메이저급(?) 문예지에서는 신인작품상 공모에서도 수필 분야가 빠져 있고 심지어는 수필 작품 게재도 배제되고 있는 문예지가 많은 실정이다.

그뿐만 아니라. 일부 원로 문인들의 의식 속에는 수필문학이 전문화되고, 학위논문으로 수필 영역의 연구가 많아지고 있음에도 불구하고, 수필은 시인이나 소설가들의 심심풀이 여기餘技의 글이라는 의식이 팽배되어 있어 시정하려고 하지 않는다. 우리 모두가 알고 있는 사실이지만, 독자들조차도 전문수필가의 작품이나 작품집은 읽지 않고, 이름이 꽤 알려진 유명인이나 교수들의 수필류(?) 등을 그것도 수필이라는 의식 없이 선호하고 있다. ○○수필집이라는 이름이 책표지에 명기되어 있으면 관심을 갖지 않기 때문에 출판사에서 수필집이라는 명칭을 쓰지 않으려 한다.

이러한 상황 속에서도 수필은 문학권에서 그 영향력을 확대시켜 나가고 있다. 등단 인구의 양적인 팽창은 물론이고 수필전문지에 대한 선호도가 높아짐에 따라서 수필 전문 문예지도 새롭게 창간 발행되는 숫자가 점차 늘어나고 있다. 그러나 이보다 더 중요한 것은 문학내적인 문제로, 시의 수필화, 소설의 수필화가 점차적으로, 급속도로 늘어나고 있다는 점이다. 시와 수필의 장르적 경계가 무너지고, 수필과 소설의 장르 특성적 경계가 무너져 크로스오버하고 있다는 점이다. 그런 점에서 이제는 수필계도 새로운 준비를 해야 할 때로 보인다. 능동적으로 대처하는 자세가 우선 되어야 할 것으로 보인다.

혹자는 수필의 종류를 언급하는 장에서 "형식에 따른 종류로서 시적 수필, 소설적 수필, 극적 수필 그리고 비평적 수필로 분류하고 있다."(손광성, 《손광성의 수필쓰기》 PP62~68 참고) 이는 각 장르의 형식적인 특성과 구성요소들을 수필에 차용하는 것에 따라 분류한 것이다. 그러나 그동안 간헐적으로 진행해온 현상이지만, 최근에 들어와 리얼리즘적인 시의 경우에는 시와 수필의 장르적 경계를 허물고 있다. 또한 소설의 경우에도 이른바 사소설적인 신변 소설들은 수필적 요소를 대폭 수용하고 있는 현상도 나타난다. 자서전적 소설이 대표적인 경우이다. 한 작가의 수필들은 시간적 순차에 의해서 써지지는 않았지만 수필가의 자서전이라 해도 지나치지 않을 것이다. 그리고 비평적 수필은 "비판수필과 같은 성격의 수필"로 문학평론 혹은 예술 비평들도 이에 속하다고 할 수 있을 것이다. 나의 개인적인 경우이지만, 나는 문학비평 혹은 문학평론을 넓은 의미에서의 '에세이'로 분류한다. 이렇게 지칭하는 저의는 논문을 문학평론으로 인식하고 있는 강단비평을 신봉하는 사람들 때문이다. 수필이 창작문학이듯이 문학평론도 창작문학이 되어야 한다는 문학 신념 때문이다. 문학비평이 창의적이지 아니면 그것은 문학의 한 장르로 담보될 수 없다는 생각 때문이다. 수필이 일기문이나 작가의 개인사 기록으로 끝날 때, 그 글은 문학작품이라고 할 수 없는 것과 마찬가지다.

여기에서 수필의 문학성 문제가 대두된다. 그동안 기존의 수필담론에서 '문학성'은 문제적 주제로 다루어졌고 이에 대한 결론도 도출된 것으로 알고 있다. 문학성은 창의성과 연계되어 수필적 상상력이 얼마 중요한가를 인식하게 되었고 허구성과는 별개의 문제임도 우리 모두는 알고 있다. 따라서, 그 차원을 넘어서는 문제인 이 시대를 반영하는 크로스오버와 하이브리드적인 수필로서의 문제가 대두될 수 있다. 이것이 한국 현대수필에서 당면한 전망이다.

앞서 언급한 바 있지만, 모든 문학을 비롯한 예술 문화도 다른 경계를 넘어 해체 일로에서 혼합예술 시대에 접어들었다. 분명 우리 수필의 경우에도 그러한 현상은 문학권에서 오래전부터 진행되어 온 것으로 소설의 수필 모드화, 시의 산문화가 그 대표적인 현상이고 이러한 현상은 앞으로도 계속될 전망이다. 그리고 그 역 현상으로, 수필계에서도 타 문학 장르의 경계를 넘나들고, 타 문화와의 접목을 시도하는 하이브리드 문화 현상이 진행되어 온 것도 사실이다. 그 대표적인 예가 영화와 수필문학의 학제적 연구가 그것이며, 타 학문의 전문적인 지식을 수필의 모티프로 삼아 시도되고 있는 철학수필, 종교수필, 과학수필, 예술수필 등이 그것이다. 이러한 현상이 증대되는 것은 서정수필이 지니고 있는 한계성 때문일 것이고 수필의 정체성인 실험성 때문이다.

이런 이야기를 장황하게 하는 이유는 수필이 원 소스 멀티-유스(One Source Multi-Use) 시대에 문화콘텐츠 문학 장르로서의 가능 지표를 제시할 수 있을 것이라는 판단 때문이다. 그보다는 가능성 때문이다. 그 가능성을 보여주었던 수필이 피천득의 〈인연〉이다. 작가와 아사코와의 세 번의 만남, 그 에피소드를 감동적으로 그린 이 수필은 과거에 소설이 영화의 원작이었던 시대에서 소설이나 영화의 스토리발상에 원 소스 멀티-유스로서의 역할을 해왔을 것으로 보이기 때문이다.

'원 소스 멀티-유스'라는 말은 하나의 소스(source) 즉 하나의 컨텐츠(contents)로 여러 상품 유형을 전개시킨다는 뜻이다. 원 소스 멀티-유스의 극대화는 마케팅 비용을 상대적으로 줄일 수 있을 뿐만 아니라 한 장르에서의 성공이 다른 장르의 문화상품 매출에도 영향을 끼치는 시너지 효과를 내는 것을 의미한다. 따라서 원 소스 멀티-유스는 문화콘텐츠의 핵심이다

이런 점에서 이제, 미래의 수필은 소설이 해왔던 역할을 해야 할 것이다. 한 편의 수필이 '원 소스 멀티-유스'가 되어 영화로, 애니메이션으로, 뮤직비디오나 CF영상광고의 원작이 되어야 한다. 그러기 위해서는 영상성을 담보로 한 영상수필에 관심을 가져야 할 것이다. 영상적 요소를 수필 창작의 내적 외적 요소로 차용하여야 한다. 이것이 오늘 우리의 과제이며 하이브리드 시대의 수필, 그 화두의 하나다.(졸저《원 소스 멀티-유스, 문학이야기》참고)

수필이 문학권의 핵심적 위치에서 장르 경계를 허무는 일에 앞장서기보다는 독서로부터 외면당하고 있는 문학의 폐기처분을 막는데 일차적인 역할로 웹툰에게 뺏긴 원 소스 멀티-유스적 역할을 찾아올 때 그 전망은 밝아질 것이다. 이러한 우리의 노력은 부단히 계속되어야 할 것으로 믿는다. 그것이 수필의 위상을 높이는 첨단의 길이기 때문이며 포스트 코로나 시대를 대비하는 하나의 방편이기 때문이다.

그 중심에 문학 본령으로서의 시와 전망 밝은 수필이 자리하고 있음을 우리는 알아야 할 것이다.

························· 유한근

동아일보 신춘문예 평론 당선. 《문학의 모방과 모반》, 《글의 힘》, 《생각과 느낌》, 《현대불교문학의 이해》, 《한국수필비평》, 《원 소스 멀티-유스, 문학이야기》, 《인간, 불교, 문학》 등 다수. 명상언어집 《별과 사막.》 시집 《사랑은 흔들리는 행복입니다》, 《낯선 방에서의 하루》 등. 동화집 《무지개는 내 친구》 등 저서 논문 다수. 만해불교문학상, 한국문학평론가협회상, 신곡문학상 대상, 여산문학상 대상, 동국문학상 등 수상. 디지털서울문화예술대 교수, 교무처장, 학생처장 역임. 《인간과문학》 주간.

아침문학

2020 아침문학회 엔솔로지 아홉 번째 이야기

■ 차례

테마특집

포스트 코로나19를 위하여

포엠과 에세이

코로나 19 진혼곡

이 정 이

소리소문없이, 기척 없이
가까이 들어앉아~
사람이 서로 기대는 것이
인간이라던데~
다솜! 다솜! 그 일이
옛일이 되어 버리고
다정다감 트레드 메이커
그 말이 옛말이 되어 버리고
일상은 정지되고 거리에는 정적만 감돌고
사람들은 집~콕
2미터 거리를 두고 떨어져 앉으라지
입이, 입술이 가까워지면 안 된다지
침방울이 튀면 안 된다지
무엇보다 마스크로 입을 가려야지
신체접촉이 소통의 지름길이었건만

전염 전파력이 고속이라, 세상의 친밀이 잘려나가고
지금은~ 가까운 사람조차 더 무섭지
인간은 사회적 동물이라던데
사회적 거리를 두라네
우리는 떨어져야만 되고
만나면 더더욱 안 되고
발그림자도 비치면 안 되고
보이지 않는 무색 무미무취로
만질 수 없는 그것
몸속에서 살아 움직이는 그것
잡을 수 없는 그것
감옥 아닌 감옥에 갇혀
바라보지도 못하고 격리되어
가족의 마지막 죽음도 막지 못하고
보지 못하고

숨은 차고 폐는 망가지고
아무도 마중조차 할 수 없는 머나먼 길
홀로 급하게 스러지네
AI는 살고, 너는 죽고

'열품타' 회원이 되어

곽 경 옥

코로나 이전까지만 해도 나는 핸드폰에 빠져 있는 사람들, 특히 손자들이 보기 싫었다. 어른이나 애들이나 버스나 지하철 등에서 핸드폰을 들여다보며 킥킥거리는 것을 보면 쥐어박고 싶은 마음이 들곤 했다. 내 손자들도 결코 예외가 아니겠지 싶은 마음에 손자들을 볼 때마다 너희는 그러지 말라고 하였다. 하지만 듣기는 고사하고 잔소리 좀 하지 마시라고 한다. 오히려 나더러 시대를 모르는 고리타분한 생각이고 시대에 뒤떨어진 할머니라서 대화가 안 된다고 아예 말도 못하게 했다. 그런 말을 들을 때면 오히려 나는 기분이 나쁘고 섭섭하여 삐지기 일쑤였다.

이번 코로나19로 나의 삶과 생각이 바뀌었다.

아이들은 학교를 못 가고 외출도 삼가야만 했다. 아이도 어른도 모두 집콕이 되고 말았다. 나의 손자들도 예외일 수 없다. 매일 빈둥거리며 핸드폰만 들여다보고 사는 것이 일상처럼 되고 말았다. 날이 갈수록 익숙해지는 것 같았다. 책상 앞에 앉아 있는 것을 보면 반가웠다. 공부를 하는 것 같아 칭찬이라도 해주고 싶어 어깨너머로 살짝 들여

곽경옥 23

다본다. 아! 이게 웬일, 핸드폰을 들고 유튜브나 게임에 흠뻑 빠져 있다. 차라리 나가고 안 보이면 좋겠는데, 눈앞에서 그러고 있으니 못 견디겠다. 네 자녀들 가정 모두 이 모양이니 큰 걱정이다. 부모들의 고민은 오죽하랴. 집에서 애들과 함께 있을 수도 없고, 직장을 쉴 수도 없지 않은가. 세 딸과 며느리는 퇴근만 하면 애들 걱정에 입을 모은다.

겨울 방학에 이어 계속 아이들이 집에만 있으니 말이다. 덩치도 커다란 녀석들 셋이 이 방 저 방에서 핸드폰 세상이란다. 엄마 아빠가 출근하고 없으니 완전 방치된 자유인이다. 오늘이나 내일이나 끝이 나겠지 하던 것이 한 달이 지났지만 길이 보이질 않는다. 집에 있는 시간이 길어지니 부모들의 고민이 이만저만 아니다. 특히 다자녀를 둔 입장에서 학교 수업을 어떻게 이어갈 수 있을 것인지? 퇴근 후 저녁마다 엄마들의 걱정은 한숨 속에 핸드폰 대화로 이어진다.

그러던 중 밝은 목소리로 며느리가 제안을 했다. 애들에게 핸드폰을 이용하여 학업 효과를 높일 수 있는 좋은 방법이 있단다. 한 주일 동안 저의 삼 남매를 시험 삼아 해본 결과 좋은 효과를 기대할 만하다고 한다. 처음 해보는 것이지만 아이들이 흥미 있고 재미있게 공부를 하더라고 했다. 사촌 형제들과 함께하면 더 좋겠다고 한단다. 평소에도 서로 어울리기를 좋아하고 함께 모이고 놀기를 좋아하니, 이런 기회에 공부도 함께하고 싶었나 보다. 방법은 간단하였다. 핸드폰 하나면 되고 핸드폰이 없으면 아이패드를 사용해도 된다고 했다.

네 집 엄마들과 열한 명 아이들 모두의 찬성으로 핸드폰을 이용한 스터디그룹이 만들어졌다. 네 집 엄마 아빠까지도 합세했다. 중요한 시험 준비를 하고 있는 엄마, 짬짬이 책을 보려 해도 쉽지 않았던 엄마 아빠들이 자녀들과 같은 그룹에서 책을 본다는 것이 의미 있고 좋은 기회라고 했다.

　열대여섯 명의 적지 않은 그룹이다. '열품타' 스터디 그룹, 열정을 품은 타이머라는 뜻이란다. 개개인의 공부 시간을 측정하면서 서로 서로가 경쟁을 하며 활발하게 진행되었다. 아이들은 누가 많은 시간을 무슨 과목에 집중하는지, 얼마나 했는지 핸드폰 '열품타 앱'에 들어가면 한눈에 들어온다. 애들은 서로 자존심이 걸린 문제라고 책상을 떠나지 않는다. 정말 예전에 볼 수 없었던 진풍경이다. 퇴근 후 저녁이면 어른들까지 합세하니 더욱 흥미롭다. 애들에게는 매일 기본 시간이 정해졌다. 초등 네 시간, 중등 다섯 시간, 고등은 여덟 시간이다. 월요일부터 금요일까지 기본을 성실하게 한 사람에게는 주말에 아이스크림이 하나씩 배달된다. 기본 시간 이상을 했으면 천 원씩 적립이 된다. 기본 외에 최장 시간을 기록한 사람에게는 두 몫의 아이스크림이 배달된다. 숫자가 많다 보니 적지 않은 돈이 필요할 것 같았다. 애들의 경쟁은 날이 갈수록 치열했다. 자신들의 공부한 시간을 보면서 스스로도 뿌듯함을 느끼는 모양이다. 저학년일수록 적극적이었다. 아이스크림 받는 것과 상금의 효과인지 정말 경쟁이 치열하다.

　나는 은근히 마음이 끌렸다. 나도 그룹에 함께하고 싶었다. 용기를 내어 나도 하고 싶으니 후원자로 가입하게 해달라고 했다. 뜻밖에 대환영이었다. 후원자도 좋고 책을 보는 할머니가 좋다는 것이다. 그들의 환영은 나에게 희망을 주는 격려의 함성으로 들렸다. '그래 나도 해보자' 이왕이면 목표를 세우고 애들 앞에 공개를 하고 해야 할 것 같았다. 첫째 성경 필사, 둘째 한 달에 한두 편이라도 글쓰기, 셋째 금년에 읽기로 한 독서 계획을 애들에게 공개했다. 나보다 애들이 더 좋아하는 것 같았다. 그런데 나는 핸드폰 사용을 잘 할 수가 없어 고민이었다. 그동안 전화나 하는 것이고 그 이상은 무조건 거부했던 것이다. 다행히 손자가 내 속을 알아차리고 자세하게 설명을 해주었다.

핸드폰에 열품타 앱을 깔면 중고학생별 그룹이 있다고 한다. 하지만 우리는 별도로 우리 가족 그룹을 만들었다며 내 핸드폰에 앱을 깔았다. 그룹에서 하고 싶은 과목을 우선 선택하고 일정도 기록해 놓는다. 더욱 열품타를 열고 사용할 때는 전화나 유튜브, 카톡 아무것도 할 수 없다고 했다. 일체의 핸드폰 사용이 안 되지만 단 학업에 필요한 것은 사전까지도 허용된다고 한다. 설명을 다한 후 이제 할머니 혼자 '열품타' 그룹에 들어가 보라고 한다. 나는 시험관 앞에 선 기분으로 시작을 하였다. 배운 순서대로 핸드폰을 여니 홈 화면에 하얀색 네모가 있었다. 네모 안에 주황색으로 된 세모가 보인다. '열품타'라고 쓰여 있었다. 네모 가운데 삼각형 모양을 살짝 터치하니 영·수·국 과목이 뜬다. 그중 한 과목을 터치했다. 열다섯 개의 의자가 뜨고 의자 밑에는 그룹 개개인의 이름이 쓰여 있었다. 그리고 불이 켜진 의자는 공부하는 중이고 불이 꺼진 의자는 현재 공부를 하지 않는 것이라고 하였다.

우리는 포항·경기·서울 멀리 흩어져 살고 있다. 하지만 통신 매체를 통해 이렇게 서로가 무엇을 하는지 한눈으로 보면서 공유하며 공부를 한다는 것이 참으로 신기하다. 핸드폰에서 손을 떼라고 하던 할머니가 이제는 핸드폰 사용 방법을 더 배우고 더 사용하고 싶어 사정을 하게 되었다. 손자들과 함께 공유하며 핸드폰을 이용하여 열품타 회원으로 공부를 하고 있다.

불이 켜진 손자들 의자를 보면 마음이 흐뭇하다. 그래, 나도 열심히 해보자. 나의 육체는 세월을 따라 늙어가지만 나의 생각과 삶은 여전히 청춘이야!

이번 코로나19로 모두 힘들다고 하지만 내게는 신세대들과 어깨를 함께할 수 있는 좋은 기회라 할 수 있지 않은가?

오늘도 책상에서 손자들과 함께하며.

직업 윤리

김 재 근

내가 존재하고 있어야
세상도 있는 것이라고 하는데
여기 내 이웃, 국민의 건강을 위한
직업에 충실하다가
자신의 목숨까지 바쳐가며 헌신한
가없는 희생이 있다

보이지 않는 거대한 힘과
싸우고 또 싸우다 결국 절명한 어느 의사

어려운 환경에서 밤낮없이 밀려오고
밀려오는 환자들을 치료하다 자신이 감염으로
숨을 거둔
안타까운 사연이 잠시 언론에 비추다

이내 지워진다

사랑하던 가족과
그를 염려하고 안타깝게 바라보던
수많은 눈 있는데
이 황망한 현실을 어떻게 할 거나
어떻게 할 거나

중국에서 건너온 핵폭탄
우한 폐렴 코로나 바이러스19
전 국민들과 온 세계를 전쟁에 몰아넣은 전선의
최 일선에서 사투하다 자신을 희생당한
소중한 한 목숨

간 사람은 많이 없지만

역부족이었던 환경에도 오직 인류애로
한 사람이라도 더
치료하려고 헌신하다 희생된 그에게
떠올려 보는 이 나라에
내가 없는

직업에 대한 윤리란
과연 무엇일까

코로나의 여름

신 동 현

지나간 봄의 향연
코로나19로
나의 몫은 아니었네

청포도 익어가는
초록이 약동하는 여름
일상은 멈춰 섰고

끝이 보이지 않는
코로나19의 고통에서
마스크 쓰고 견디며
종식되기를 잠잠히 기다릴 뿐

뜨거운 태양 아래
초록의 목마름

가물어 메마른 땅
단비 내려 적시듯

비록 그리운 만남은 멀리하여도
마음만은 더 가까이
고약한 코로나19와의 싸움에서
인간이 그렇게도 자랑하는
과학의 힘으로 승리의 날
숨죽여 기다리네

호모 사피엔스

이승현

　코로나로 인해 몇 달째 취미 활동이나 운동 또는 여행이나 친목 모임을 자제하고 있다. 답답하긴 하지만 가까운 친인척이나 직접 만나고 연락을 주고받는 사람 중에는 코로나에 걸린 사람은 없다. 남편의 사업도 규모가 줄고 힘들지만 사업장을 아예 폐쇄하는 사람에 비하면 그나마 감사할 일이다. 바깥 활동은 못하지만 식구들 챙기고, 책 읽고, 글 쓰고, 소설 모임도 하고 남편과는 운동과 산책을 하면서 나를 돌아보며 감사하는 마음으로 지내고 있다.

　올 초에는 교회의 여전도 회장을 맡게 되어 적잖이 마음이 부담스러웠다. 그동안 일한다는 핑계로 계속 미루어 왔지만 일을 그만둔 상황에서 이제는 미룰 명분도 없었다. 작년 말에 올해 교회 봉사 활동을 계획하면서 젊은 여전도회 회장들은 직장 때문에 휴가를 못 내는데 교회 봉사 활동을 다 못한다고 하고, 나이 드신 여전도회 회장님들은 그 나이 때 우리가 했던 봉사 활동에 비하면 요즘은 일도 하는 게 아니라며 뒤에서 한마디씩 했다. 그러다 올해 모든 교회 활동이 정지되면서 그렇게 갈등하던 것도 무색하게 되었고 활동은 줄었지만 그렇다고 심리적 부담까지 줄은 건 아니었다. 코로나를 겪으면서 종적으로는 하나님과의 관계, 횡적으로는 이웃과의 관계에 대해서 생각했고, 세상에서 교회를 바라보는 부정적 시선을 바라보며 교회가 회개할 일이 많다는 생각을 가지게 되었다.

이번에 엄마가 집을 비운 사이, 형제가 배가 고파 라면을 직접 끓여 먹다 불이 나서 119 구조대가 구조하였으나 둘 다 목숨이 위험한 지경에 이르고 말았다. 결국 동생은 유독가스를 많이 흡입하여 살리지 못하고 꽃다운 목숨이 사라진 소식을 들었다. 코로나로 인해 감염 확산 방지를 위해 물리적 거리 두기를 하자 사회적 거리 두기도 확산하는 양상을 보여주고 있다. 이 사건이 사회적 약자는 고립이 불편함을 넘어 생존의 위협으로 이어지는 취약한 구조를 보여주는 것 같아 안타까웠다.

서정주의 《질마재 신화》에 〈신선 재곤이〉라는 시에는 재곤이라는 이름을 가진 앉은뱅이 사내가 나온다. 성한 두 손으로 멍석도 절고 광주리도 절었지마는 그것만으론 제 입 하나도 먹이지를 못해 질마재 마을 사람들은 할 수 없이 그에게 마을을 앉아 돌며 밥을 빌어먹고 살 권리 하나를 특별히 주었다고 한다. 그리곤 재곤이가 만일에 제 목숨대로 다 살지를 못하게 된다면 우리 마을 인정은 바닥난 것이니 하늘의 벌을 면치 못할 것이라 하였다. 마을 사람들의 생각은 두루 이러하여서 그의 세 끼니의 밥과 추위를 견딜 옷과 불을 늘 뒤대어 돌보아 주었다고 한다. 옛날에는 한 마을에 거지가 겨울에 얼어 죽거나 굶어 죽으면 그 마을에 인심이 고약하다고 하며, 이웃 마을에서도 몹쓸 마을로 여겼고 그 마을 사람들 또한 부끄러워했다고 한다. 남정네들은 나무를 해 오다가 고샅길로 지나며 이웃집 앞마당을 가로질러 가다가 다래나 머루도 툇마루에 두고 가고, 아낙네들은 밭 매러 가다가 이웃집 아이가 울면 달래 주고 먹을 것도 주고 지나가며 지냈다고 한다.

하지만 요즘엔 아파트나 원룸을 지어도 외부인은 들어갈 수가 없게 담장을 쳐 놓고 출입문은 잠금장치를 해 놓는다. 현관문만 닫고 들어가면 집안에서 무슨 일이 벌어지는지 바로 앞집도 모르게 차단된다. 고독사로 사람이 죽어서 몇 달이 지난 뒤에 발견이 되기도 하는 뉴스를 접하면 얼마나 외롭고 황량한 시간을 마지막까지 보냈을까 하고 생각하면 가슴이 먹먹해지곤 한다.

라면 형제를 보면 예전에 내가 가르쳤던 아이들 중에 떠오르는 아이가 있다. 엄마가 예정에도 없던 임신을 하게 되었고 나이가 많은 아버지와 결혼해 시댁에 들어가 살게 되었다. 비닐하우스에서 농사지으면서 시어머니를 모시고 살다가 남편의 술주정에 견디지 못하고 아이만 무작정 데리고 나와 월세에 원룸을 얻어 식당일을 하면서 생활했다. 아이는 아침부터 밤늦게까지 학교에 학원에 내돌렸다. 그런데 이런 아이와 비슷한 아이가 반마다 두세 명씩 있었다. 남편의 폭력, 외도, 시댁과의 갈등, 경제적 어려움, 성격 차이 등으로 인한 갈등, 전적으로 남자만이 아니라 요즘은 여자들도 원인 제공을 많이 했다. 예전에는 여자들이 자식보고 참고 살았지만 이제는 여자들도 경제적 능력을 가지면서 참지를 않고 집을 나온다. 이렇게 나와 버린 부모들의 아이들은 무방비상태로 방치된다. 더군다나 부모들의 정신 건강도 온전치 않아 그 스트레스를 아이에게 풀곤 했다. 하지만 예전처럼 동네 사람이나 친척들이 도와주지도 않는다. 더군다나 이번 코로나 사태로 학교도 못 가고 사회봉사단체에서도 손을 놓아 버리니 이런 아이들의 생활이 눈에 보이는 것 같이 안쓰러웠다.

교회 봉사 활동에서도 결손가정이나 독거노인을 매주 방문하여 달걀, 라면, 쌀, 김치, 마른반찬 등을 해 가지고 가서 청소도 해주고 이야기도 들어주는 일을 했으나 이제는 그런 일도 없어졌다. 한 할아버지는 술을 너무 드셔서 돈이 생기면 무조건 술을 마셔서 다 써 버렸다. 그렇기 때문에 돈으로 해결되는 게 아니라 직접 가서 돌봐드리지 않으면 생존 자체가 위협받을지도 모를 일이다.

아이들도 학교를 못 가서 온라인 수업으로 대체되고 교회도 온라인 예배로 보고 공연이나 야구나 축구 경기도 관람객이 없다. 코로나를 겪으면서 우리는 이러한 활동이 원래는 인간을 만나러 가기 위한 목적이 아니었나를 생각해 본다. 학교 수업은 온라인으로 유명한 학원 강사가 더 잘할 것이다. 내가 과거 학교 다녔을 때를 생각하면 학교에서 수업받았을 때의 기억보다는 친구들과의 관계에서 더 많은 추억거리가 있다. 교회에서도 공연이나 운동 경기도 같이 했던 사람과의 이야깃거리와 응원했던 기억이 많다. 컴퓨터에서 더 좋은 설교나 공연이나 운동 스킬이 최고인 사람은 언제 어디에서든지 원하면 볼 수 있다. 여행 정보를 많이 가지고 있어도 직접 여행을 하며 만나는 인간과의 온정, 원격진료를 한다고 해도 가상으로는 할 수 있으나 주사 바늘이 모니터에서 나와 정확히 내 신체 부위를 찌르지는 못할 것이다.

지금 전 세계 여행, 운항, 이동업체가 도산 위기에 있다고 한다. 이런 와중에도 미국의 기업 가치가 상승하는 것으로는 아마존, 페이스북, 마이크로소프트, 애플, 테슬라 등이다. 이 기업들의 공통점은 이동의 대안으로 운반이거나 전송 물품 정보를 더 싸고 빠르게 운송하는 기업이다. 하지만 인간은 물품이나 정보만으로 만족하지 못한다. 인간과의 관계의 연결 속에서만이 행복을 느낀다.

호모 사피엔스와 마지막까지 경쟁한 네안데르탈인은 호모 사피엔스보다 키가 더 컸고 두뇌 용적도 훨씬 컸다고 한다. 하지만 그들이 멸종하고 호모 사피엔스가 인류의 조상이 된 이유는 서로 협동하여 조직을 만들고 연결히여 사회를 형성했기 때문에 생존할 수 있었다고 한다.

　기후 온난화에 따른 환경의 변화와 국가 간에 서로 연결되어 있는 이 시대에 앞으로는 이러한 신종 전염병이 발생할 수 있는 시대는 자주 올지도 모른다. 우리의 생활은 과거로 돌아갈 수는 없고 그렇게 살 수도 없을 것이다. 하지만 인간은 사회적 동물이고 홀로 설 수 없는 존재이다. 감염 확산을 막기 위한 물리적 거리는 두되 내 가까운 이웃의 약한 자를 돌보고 내 주변의 인간관계를 더욱 돈독하게 하는 사회적 연결고리는 더욱 단단히 맺는 것이 이 코로나를, 그리고 다시 올 신종 전염병을 극복할 방법이 아닐까 생각해 본다.

잘 지내니?

이노나

달빛 속에서 무엇을 긷고 있니? 잘 지내니?

온 얼굴로 공기를 맞으며 길을 걷고 있을 때였다
어제와 다른 밤 어제와 같은 하루의 끝에서
너로부터 짧은 문자를 받았다

비가 올 것 같은 바람이 불어서 정말 좋아 너는 지금 뭐하니?

너에게 긴 마음을 보냈다
어둠이 마스크를 대신하는 동안
나는 같은 곳을 세 번이나 지났다
너와 같이 앉았던 번거로운 경계라든가
우연히 들렀던 막다른 밤이라든가
두 마음이 필요했던 모면처럼
불쑥 나타나는 모서리들이었다

어디든 갈 수 있는 마음이 있어도
멀리 갈 수 없는 날이 길어지고 있었다

너는 점점 더 멀리 갔다 무엇이 문제인지 기억이 나지 않아
어쩌면 이 모든 것이 꿈이지 않을까 생각했다
소리를 내며 따르는 감정이 있다면 그것은 한 번도
나를 앞지른 적이 없는 것이어서 빨리 걸을 수 없었다
너와 헤어지고 꺼냈던 그 보폭은 울음이어서
좁혀지거나 넓어지지 않았으므로
모든 현상에는 원인이 있는 법이라는 너의 말은 맞았다
누군지 알 수 없는 사람으로부터 전화가 왔다

잘 지내니?

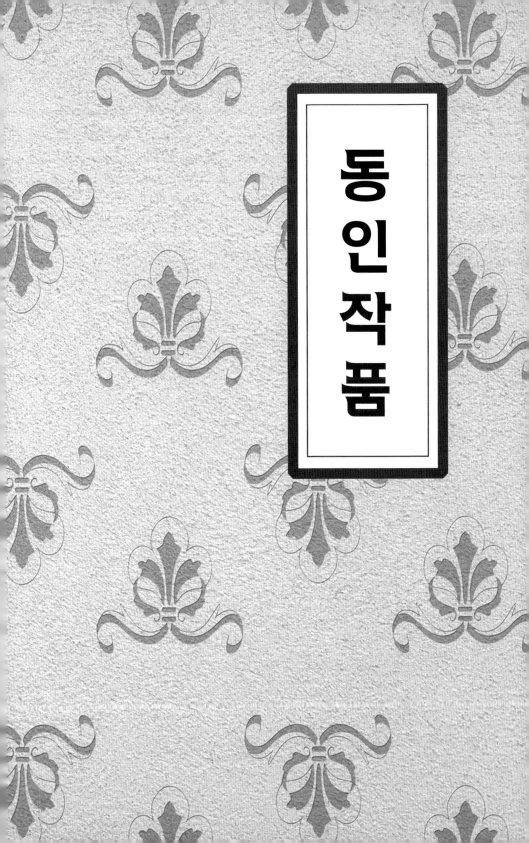

동 인 작 품

곽 경 옥

창작 노트

멀리 와 돌아보니
모두가 아름다운
추억이어라
추억을 친구삼아
좋은 글을
쓰고 싶다

■ 수필

두 개의 배

　태풍 마이삭에 이어 하이선은 온 천지를 뒤흔들어 놓았다. 아파트 입구에 세워 놓았던 돌기둥들이 밤사이 두 동강이 나서 여기저기 널브러져 있다. 대로는 간판들이 떨어지고 노변에 세워 둔 차들을 가로수가 덮쳤다. 산이나 들녘에도 많은 나무가 부러지고 뿌리까지 송두리째 뽑혔다. 나이테에 상관없다. 조용하고 낭만이 흐르던 바다 역시 몰아치는 폭풍에는 몸을 맡기는 것 외에는 어쩔 수가 없다. 태산 같은 파도가 밀려오고 밀려온 파도는 방파제와 부딪치며 산산조각을 냈다. 무엇이든 삼키겠다는 성난 야수처럼 만물의 영장이라는 사람조차도 다가갈 수 없다. 속수무책이다. 그저 바라볼 뿐이다.

　사나운 태풍, 성난 파도도 계속되지는 않았다. 시작이 있었으니 끝도 있어 시간이 지나자 조용해졌다. 태풍이 물러가니 모두 제자리로 돌아왔다. 실바람이 살랑살랑 불어 나뭇잎이 춤을 추며 햇살을 즐긴다. 가을이 문 앞에 와 있다고 전하듯 싱그러운 향기가 바람을 타고 코끝을 간지럽힌다. 바다의 물결이 잔잔해지니 갈매기도 무리 지어 끼룩끼룩 난다. 갈매기는 태풍에 굶주렸던 배를 채우려는 것일까. 파도가 잔잔해지고 평온을 찾은 바다에 감사의 노래라도 전하고 싶은 걸까. 분주하게 날갯짓을 하며 바다 위를 낮게 떠 맴돌고 있다. 드넓은 물결이 찰랑찰랑 저녁노을과 함께 윤슬이 어우러지니 더욱 아름답다. 폭풍이 언제 있었느냐는 듯 흔적조차 없다. 평화다. 아스라이 먼 수평선, 진청색의 바다와 푸른 하늘이 맞닿아 있다. 거기에 세월을 건넌 여자가 서 있다. 먼 수평선에 시선을 멈춘 채 바다와 하나가 된다. 쪽빛 바다와 쪽빛 하늘을 바라보며 눈에 담고, 마음에 담는다. 쓸쓸하다.

그녀는 천천히 방파제에 걸터앉는다. 발아래 물결이 호수처럼 잔잔하다. 물속을 가만히 들여다보았다. 어느 낯선 할머니가 자신을 바라보고 있다. 그녀는 긴 한숨을 후우, 하고 내뿜는다. 아마도 오랜 세월의 희로애락을 모두 토해낼 수 있을 것 같다. 참으로 오랜만에 느껴보는 편안하고 아늑한 심신의 안식이다. '이런 것이 행복이구나'하고 빙긋이 미소를 짓는다. 물속의 할머니도 같은 미소를 짓는다. 여름을 지나 덥지도 춥지도 않은 가을의 문턱에서 비로소 자신을 들여다본다. 맑은 물에 비치는 정제되지 않은 순수한 모습. 오래 묵은 나무처럼 얼굴에 나이테가 깊고 선명하게 드러나 보인다. 고개를 들어 아무 생각 없이 먼 수평선을 바라본다. 짧지 않은 지나간 세월의 기억과 흔적들이 물결 따라 다가와 어린 시절로 데려간다. 가장 아름답고 행복했던 유아기, 동시에 가장 상처가 크고 아팠던 시기의 이야기다.

그녀의 아버지는 그녀를 등에 업고 어깨춤을 추며 갈대가 우거진 안귀미 강가를 거닐고 있었다. 아버지가 어깨춤을 출 때마다 그녀는 아버지 등에서 위로 뛰어올라 무섭기도 하고 재미있기도 해서 소리 내어 웃었다. 그녀의 웃음소리가 강에서 뛰어노는 소금쟁이의 움직임에 물결이 퍼지듯 강가로 퍼져 나갔다. 그녀의 아버지는 갈댓잎을 따서 배를 두 개 만들었다. 하나는 아버지 배, 하나는 그녀의 배. 아버지는 두 개의 배를 강물에 띄웠다. 그리고는 누구의 배가 먼저 가나 내기를 했다. 앞서거니 뒤서거니 물결에 따라 흘러가는 모습을 바라보며 그녀의 아버지는 그녀의 볼을 가볍게 두드리며 웃었다. 아버지 배는 그녀의 배보다 빨랐다. 아버지 배가 빨라선지, 그녀와 배를 띄우며 노는 것이 행복해서인지 아버지는 웃었고 그녀도 웃었다. 먼저 떠내려가던 갈댓잎의 아버지 배처럼 그녀의 아버지는 그녀를 홀로 두고 떠났다. 눈에 넣어도 아프지 않다던 고명딸을 두고, 작별의 말도 없이, 뒤도 돌아보지 않고 떠났다. 전쟁 때문이었다. 그녀는 6·25전쟁으로 아버지를 잃었다. 그녀의 엄마는 어린 딸을 끌어안고, 울었었다. 어린 딸은 엄마가 울어서 울었다. 우물 안 개구리처럼 살아가던 그녀의 엄마는 남편 없는 세상의 삶이 힘겨웠을 것이다. 어린 딸이 큰 짐이 되었을 수도 있었겠지만, 오히려 어린 딸이 버팀목이 되었고, 삶의 원동력이 되었노라고 했다. 그 말이 고마워서 딸은 소리 없이 울었다. 엄마를 웃게 해주고 싶어 풍랑이 있을 때는 엄마 몰래 숨죽여 울었다. 그녀는 고된 삶에도 주춤거릴 수가 없었다. 엄마를 위해서라도 울지 않았다. 그녀가 휘청거리면 엄마도 휘청거리고 엄마가 쓰러지면 그녀도 쓰러질 거라는 신념은 서로에게 버팀목이 되었다. 그래서 보고 싶은 아버지를 그리워할 여유도 전쟁을 원망할 여유조차 없었다.

'크고 작은 풍랑을 거쳐 여기에 이르렀구나. 그래, 너는 잘살았어. 이만하면 성공한 삶이야.'

그녀는 다짐한다. '이제, 여기서 안주하지 말고 한 걸음 더 나아가보리라.' 머뭇거리지 말고 꿈을 꾸며, 희망을 품고 황혼을 더 아름답게 살기로. 서둘지 말고 천천히 도전해볼 것이다. 일본 시인 시바다 도요를 좋아한다. 글 쓰는 일과 무관하게 평생을 살아왔지만, 구십삼 세에 글을 쓰기 시작했다. 그녀는 학벌도 대단하지 않고 평범하게 자녀를 키우며 가정을 지키는 어머니였다. 그런 그녀가 뒤늦게 글을 써 많은 독자에게 감동을 주었다. 천천히 배우며 즐기며, 나누며 살아갈 수 있었으면 좋겠다는 바람을 가져 본다. 그녀의 어머니처럼 시련을 이기고 인내히며 결실의 열매를 기대해 본다. 가을날 저녁노을이 붉다.

김 귀 옥

창작 노트

벚꽃잎 흩날리던
봄날
지겹도록 눅눅하던
긴 장마
바람에 밀려가며 형태를 바꾸는 파란 하늘의
흰 구름
멍든 단풍이 작별을 고하는
숭고한 가을

어떤 도둑도 강탈해 갈 수 없는 기억
노래든
울음이든
쓴다는 것은
꺼져 있는 전구에 불을 밝히는
고독하지만 자유로운
행복

길, 끄트머리

내측 불투명한 창문을 열고, 말간 바깥 창 유리 너머로 밖을 바라본다. 마당 건너, 텃밭에는 배추가 드문드문 푸른 잎을 벌려 해바라기를 하고 있다. 시선이 담을 넘어 논에 머문다. 노란 벼 이삭 위에 해가 뜨고, 새가 난다. 먼 곳의 고요한 풍경을 바라보던 양순의 시선이, 마당에 마르라고 펼쳐둔 깻단으로 옮겨온다. 널브러져 있는 거뭇한 빈 껍데기를 단 깨 대궁들이 거슬린다. 저걸 좀 모아서 쌓아 놓아야겠다는 생각에 햇살도 좋은데, 바깥바람도 쐴 겸 천천히 걸음을 옮겨 문을 열고 나간다. 현관문을 열고 나가자 찬바람이 훅 달려들며 서늘한 바람이 성긴 옷 속으로 파고든다. 내복을 꺼내 입어야 할까 보다. 완연한 가을이 온 것이다. 또 한 해가 가고 있음을 알리는 계절. 집안으로 들어와 내복을 입고 다시 나간다. 자주 오는 고양이가 문 앞 들마루 밑에 웅크리고 있다가 양순을 보고는 야옹, 하고 인사를 한다. 고양이는 수시로 먹이를 던져주는 양순을 반긴다. 어디를 돌아다니다가 끼니때만 되면 찾아와 문 앞에서 문이 열리기만 기다린다. 고기 냄새라도 풍기는 날이면 문 앞에서 꼼짝을 않는다. 들마루에 앉아 숨을 고르며 고양이를 바라보고 있자니, 고양이도 양순을 빤히 쳐다본다. 눈망울에 먹이 안 주세요? 하는 것 같아, "너 오늘 아침 못 먹었구나." 하며 다시

집 안으로 들어가 먹다 남긴 명탯국 건더기를 던져준다. 이런 양순의 행동을 보호사는 못마땅해 한다. 고양이가 새끼를 배서 어린 새끼를 여러 마리 데리고 다니더니 요즘은 혼자 다니는 거 보니 새끼가 어느 정도 자라 독립을 했나 보다.

젊을 때 듣던 옛날이야기가 생각난다. 먹을 것이 귀한 옛날에는 끼니 때, 밥을 얻어먹으러 다니는 거지가 많았다. 그중에 아이를 업은 거지가 있었다. 여러 집을 돌아도 허탕을 쳤는지 어미 거지는 너무 배가 고팠던가 보았다. 어느 집에서 밥 동냥을 해서는 어미만 먹고 아이가 달라고 하자 너는 다음 집에 가서 얻어 줄게, 했다던가. 그 거지는 내 배가 든든해야 비럭질이라도 한다고 생각해서였을까. 아니면, 자식보다 내가 먼저라는 이기심 때문이었을까. 흉년엔 자식보다 내가 먼저였을 만큼 먹는 것에 대한 집착이 강했을 것이었다. 흉년에 애들은 배불러 죽고, 어른은 배곯아 죽는다는 속담이 있는 거 보면, 자식 배 먼저 챙기는 건 당연했기에 자식보다 제 배를 먼저 채운 거지 이야기가 사람들의 입에 회자되었을 것이다.

죽은 아들을 생각하면, 이 옛날이야기가 생각나 마음이 아프다. 양순의 젊은 시절은 아이, 아들에 대한 갈망에 모든 것이 부러웠었다. 구걸하는 여인도 아이만 데리고 다니면 좋아 보였다. 아이만 있으면 뭐든지 다 할 수 있을 것 같았다. 소망이 하늘에 닿았는지 마흔이 가까워 간신히 아들을 얻었고, 그 아들에게 모든 정열을 쏟아부었었다. 자다가도 아이의 코에 귀를 대보고, 숨결을 느끼면 안심이 되었다. 밥을 먹기 싫어해 밥그릇을 들고 따라다니며 밥을 먹였다.

마지막 추수일지도 모를, 알맹이 없는 빈 깻단을 짚 가래 쌓듯 쌓아 보시만 위로 올라가시 않는다. 다 말라 바삭대는, 늙은이의 봄뚱어리

같이 쓸모없는 빈 깻단. 예전 같으면 땔감으로 쓰였지만, 지금은 아궁이에 군불 때는 집이 없어 땔감도 되지 못한다. 몇 년 전만 해도 알갱이를 턴 깻단은 무게조차 느끼지 못했을 것이 이제는 힘에 부쳐 숨이 차다. 두어 아름쯤 쌓다가 마루에 걸터앉는다. 빈 껍데기만 보면 알갱이가 많이 나왔을 것 같은데, 양은 하품 날 정도다. 두어 됫박이나 될까. 이 정도의 양을 거두느라고 넘어지며 쉬어가며 하루를 꼬박 노동했다. 늙은이라고 새도 얕보는지 새와 반씩 나눈 것 같다. 새는 베지 않고 밭에 서 있을 때도 날아와 까먹었고, 베어 두었을 때도 제 것처럼 달려들어 쪼아 먹었다. 여러 마리가 앉아 일용할 양식이 주어진 것에 감사라도 하는 듯 즐겁게 연신 고개를 까닥대는 모양을 양순은 물끄러미 바라보았다. 니 새끼까지 데려와 먹이는구나. 새끼도 있겠고, 동무도 있겠고, 친척도 있으려나. 사이좋게 고소한 깨로 맛있는 점심을 즐기는 새들은 양순이 쫓으러 가는 것도 아랑곳하지 않고 먹는 데만 열중해 있었다. 방심한 채로 너무도 행복하게.

텔레비전에서 탤런트가 지방에 집을 짓고 살면서 옛 동료 여배우들을 불러 밥도 해 먹고 살아온 이야기, 사는 이야기를 해가며 지내는 프로를 봤다. 네 명의 여배우가 바다가 보이는 테라스에서 점심을 먹고 있는데 커다란 새 한 마리 날아왔다. 이곳 방문이 처음인 배우가 음식을 던져주자, 그 음식을 다 먹은 새는 날아가서 또 다른 새를 불러왔다. 주인인 여배우가 말했다. "쟤들 한 번 주면 자꾸 온다. 우리 집에 커다란 원통형 구조물이 있는데, 새가 날아들었다가 그만 갇혀 버렸어. 새 있는 줄을 몰랐던 내가 문을 닫았지 뭐야. 나중에 새가 갇혀서 나오려고 버둥대며 이리저리 부딪치는 모습을 보고서야 문을 열어주어 나갔거든. 문을 열어 내보낼 때까지 갇힌 새가 무한 애를 썼던 것 같더라고. 그 후 갇혀 있던 새가 여러 마리의 새들을 몰고 와서는 주위를 빙빙 돌면서 뭐라고 뭐라고 재잘대는데 '저기 조심하라고, 내가 갇혀서 죽을 뻔했으니 절대 들어가면 안 된다'는 말을 해주는 것 같았어." 새들도 그들만의 언어가 있어서 주의사항을 잘 듣고 지키는지 그 후로는 문을 열어두었을 때도 갇히는 새가 없더라고 했다.

텃새 한 마리가 마당에 떨어진 씨앗이라도 찾는지 종종거리며 다닌다. 이제는 먹을 것이 없으니 떼거리로 몰려오던 새들마저 뜸하다. 한 마리라도 마당에 와 다니니 그것도 볼거리다. 코로나라는 지독한 전염병이 가끔 오던 딸도, 막내아들도, 죽은 큰아들이 남긴 가족들도 뜸한 길을 더 뜸하게 만들었다. 더군다나 서울, 수도권이 코로나가 심해, 조심스러운 아이들은 여름이 끝나고 가을이 왔는데도 얼굴을 보여주지 않고 있다. 이제는 보고 싶은 마음까지도 미안해서, 오래 사는 것이 왠지 염치가 없어서, 전화가 오면, 바쁘고, 코로나도 겁나는데 오지 마라, 나는 괜찮단 말만 한다. 그렇게 말해 놓고는 언제 올래? 하고 물어, 보고 싶은 마음을 기다리는 마음을 들켜 버린다. 괜찮지 않았다. 옛날처럼 함께 모여 밥도 먹고 싶고, 함께 자고 싶고, 함께 옛날이야기도 실컷 하고 싶다. 옛날로 돌아갈 수는 없어도 그렇게 하고 싶다. 그렇지만 욕심임을 알기에 참는다.

젊은 시절 한창 일할 때, 싸늘한 달밤에 밖에서 혼자 일을 하고, 아이들은 불 켜진 따뜻한 방 안에서 공부를 하고 있으면, 등허리가 서늘해도 좋았었다. 그것이 행복이었다. 큰아들이 지방 명문 중학교 입학시험에 떨어졌을 때, 염치 불구하고 담임을 찾아가 매달렸었다. 운이 좋았던지 등록금을 못 내 입학을 취소하는 아이가 있어 입학시켰던 일, 교복을 입은 잘생긴 아들과 중학교 모표가 붙은 모자를 쓰고 입학식을 하러 갔던 일. 지금으로 말하면 조금은 맹렬 엄마였는지도 모르겠다. 아들은 죽은 남편을 닮아 잘생겼다. 나이 들어가며 남편의 외모를 빼닮아가는 아들은 남편과 달리 정도 많았다. 어미를 생각하는 마음도 유난해서 보면 볼수록 사랑이 넘쳐흘렀고, 잘난 아들에 대한 자부심에 동네에서도 누구의 엄마라는 이유로 더 대우를 받는 것 같았다. 지나온 시간들이 아득한데도 어제만 같다. 마스크를 쓰고 들어서는 딸 가족을 보며, 또 죽은 아들 생각을 한다. 아들이 학교 다닐 때, 읍내 학교까지는 거리가 꽤 멀었다. 자전거를 타면 바람이 세서 겨울에는 바람막이로 마스크를 쓰고 다녔다. 전염병을 차단하고자 하는 목적이 아닌 방한용 마스크를 쓰고, 추운 날 자전거를 타고 학교에 다녔다. 아들은 면 마스크를 쓰기도 했고, 딸이 하얀 털실로 짠 마스크를 좋다고 쓰고 다녔다. 아이들이 교복을 입고 무리 지어 자전거를 타고 동네 어귀를 나가는 모습을 바라보며, 저 무리에 내 아들이 끼어 있다는 사실에 얼마나 뿌듯하고 행복했던가.

추석 연휴가 지나고 딸이 왔다. 딸은 올 때마다 온다는 말 없이 갑자기 나타나곤 한다. 미리 말하면 날짜를 잘못 알아듣고 엉뚱한 날짜에 마냥 기다리기 때문이다. 외손자와 손부가 딸을 태워 함께 왔는데, 외손부를 보고 너의 딸이냐고 묻자 딸이 말했다. 나에게 딸이 있느냐고. 딸은 딸이 없다. 또 엉뚱한 소리를 하고 말았다. 큰 며느리와 잠깐씩 착각을 하는 모양이다. 봄에 심하게 숨이 차고 어지러움을 참지 못했을 때는 딸이 와서 병원에 데리고 갔고, 여러 가지 검사 후 수혈을 했다. 모자라는 피를 보충하고 나서는 숨참도 어지럼증도 나아졌다. 벚꽃이 환하게 피었고, 죽음의 길로 가기 좋을 날이었다. 그때는 이제 죽는구나 싶었다. 처음으로 마스크란 걸 써 보았고, 병원에는 환자고 보호자고 직원들이고 다 마스크를 쓰고 있었다. 그날 이후, 요양 보호사와 병원에 두어 번 갈 때 외엔 마스크를 쓰지 않았다. 텔레비전에서 마스크를 꼭 쓰라고 해서인지, 자신들의 건강을 자신이 챙겨야 해서인지, 간혹 골목을 지나다니는 사람들이 마스크를 쓰고 다녔다. 사람들이 모인 곳에 가지 않으니, 마스크를 쓸 일도 별로 없다. 쓸 곳도 없는 마스크를 아들 또래인 이장이 모친에게는 특별히 더 준다며 여러 장 주고 갔다.

외손자가 제 아내에게 마당 쪽을 가리키며 저쪽쯤에 본래 집이 있었는데, 헐고 이쪽에 새로 집을 지었다고 알려준다. 양순이 끼어든다. 이 집을 지은 사람이 혁준이라고 말한다. 딸이 작은아들 친구 이름을 말해주며 작은아들 친구가 이 집을 지었다고 말해준다. 맞다. 혁준은 큰아들과 친한 대학 친구다. 우리 집에 자주 왔다. 왜 뜬금없이 큰아들 친구 이름이 튀어나왔는지 모르겠다. 딸에게 엉뚱한 질문을 한다. "넌 아들 하나뿐이냐?" 딸은 웃으며 아들 하나 더 있다고 말한다. "맞아 그렇지 참. 이제 생각난다. 원이 있지." 양순은 멋쩍어 웃는다. 딸이 오니 좋아서 그런지, 처음 글을 배우는 아이처럼 이 글자, 저 글자 써 보듯, 이말 저말 자꾸 해본다.

설거지를 끝낸 딸이 식탁 의자를 끌어당겨 앉는다. 양순이 딸에게 말한다. "요즘 꿈에 할매가 자꾸 보인다. '어머이요. 저 좀 데려가소.' 했더니, 웃으면서 혼자 갔다. 데려가지도 않으면서 왜 웃었을까. 얼마 전에는 너들 아버지가 꿈에 보이더니, 요즘은 할매가 다녀간다. 보고 싶은 큰아들은 어쩌면 한 번도 안 나타나는지. 제일 보고 싶은 사람은 그 아이인데. 매정한 놈. 살아서는 정이 제일 많은 아이였는데."

"남편에 시어머니에 아들까지 나타나면 신싸 따라가야 할시도 몰라.

왜 아버지 사진은 이렇게 돌려서 감춰두었대?"

거울 뒤에 돌려놓은 남편 사진을 발견한 딸이 말했다.

"그 영감 너무 미워서 그랬다. 나를 데리러 오지 않아서."

하고 양순이 대꾸하자 딸이 웃으며 말한다.

"흐흐 엄마, 아버지가 엄마 데려갈 능력이 없나 보네. 저승 가서 만나면 엄마는 호호 할머니고, 아버지는 중년의 멋진 남잔데 엄마 알아보지 못하면 어떡해?"

"못 알아봐도 할 수 없지 뭐. 나는 아들만 만나면 된다."

못 알아보면 슬플 것 같은데도 아들만 만나면 된다고 말한다. 다시 생각하니 남편이 몰라보면 서운할 것도 같다.

언젠가부터 아침마다 음악 소리가 크게 들린다. 산밑 밭을 사 집을 지어 들어온 사람이 라디오를 스피커에 연결해 크게 틀어놓는다. 트로트도 옛날 노래도 아닌 서양 노래임은 분명했다. 아들이 듣던 비슷한 노래들 같은 것도 같고, 다른 것도 같은 곡조들. 무슨 음악인지는 모르지만, 고인 물같이 조용한 마을에 생기가 도는 느낌이다. 저기에 집을 지은 사람의 얼굴은 자세히 보지 못했지만, 죽은 아들 또래거나 조금 더 밑이거나 퇴직 후 촌 생활이 좋아 들어왔다고 했다. 아들이 그렇게 가지만 않았어도, 퇴직 후 내려와 여기서 산다고 했는데, 그랬었는데……

외손자 내외가 가고 딸만 남았다. 이런저런 이야기를 하던 딸이 저번 홍수에 소가 떠내려갔는데, 잃어버린 줄 알았던 소가 이십 일 만에 주인에게로 돌아왔더라는 이야기를 해주었다. 양순도 텔레비전에서 보았다. 홍수로 마을에 물이 차니까, 높은 산으로 올라가 안전한 절의 마당에 가 피한 소, 살기 위해 지붕 위에 올라가 있는 소. 그들은 주인이

미처 위험에서 구해주지 못하자 스스로 큰물을 피해 안전한 곳으로 갔다. 양순은 딸에게 소를 키우던 시절 있었던 이야기를 들려주었다.

언제였던가. 큰아들이 소를 먹이러 산에 갔다가 소를 잃어버렸다. 날이 이두워지자, 마을 사람들이 등불을 들고 소를 찾기 위해 산속을 헤맸다. 아들이 그날따라 깊은 산속까지 들어갔나 보았다. 양순이 무서운 줄도 모르고 앞서 산속 깊이 들어갔다. 한참을 헤매다가 죽은 남편 산소 가까이까지 가게 되었다. 남편 산소는 마을에서 떨어진 외지고 깊은 산속에 있지만, 안온하고 해가 나면 양지였다. 어디서 으음, 하는 소리가 들렸다. 혹시나 하고 살금살금 소리 나는 곳으로 다가가며 불렀다. 소도 인기척에 있는 곳을 알리기 위해 소리를 냈다. "어디냐? 어디 있나? 나다." 하는 양순의 목소리에 또 으음, 하는 소 특유의 신음을 내며 신호를 보냈다. 소리 나는 곳을 짚어 가까이 다가갔을 때 소는 새끼를 배 밑에 꼭 감싸 안고 꿈쩍도 하지 않았다. 깊은 산중에서 혹시나 짐승이 새끼를 해치기라도 할까 봐, 새끼가 있는지 없는지도 모를 정도로 숨겨 새끼를 보호하고 있는 소를 보자 눈물이 왈칵 쏟아졌다. 양순이 소 옆에 바싹 다가앉으며 말했다.

"여기 있었구나. 나다. 이제 괜찮다. 집에 가자."

양순은 소의 등을 쓰다듬었다. 한참을 그렇게 나다. 나다. 하며 등을 쓰다듬자, 처음에는 꿈쩍도 하지 않던 소가 양순의 목소리와 손길에 불안함이 사라지는지 천천히 다리를 풀고 일어섰다.

딸도 신기한지

"오, 정말? 뭉클하네."

했다. 죽은 남편이 지켜주었을까? 어쩌면 하필 소는 남편의 무덤까지 가서 자리를 잡고 밤을 보낼 생각을 했을까? 잠 이상노 했다. 농불이라고 새끼에 대한 모성이 사람보다 못하지 않다는 걸 실감했었다. 그 때 일이 떠오르자 마음이 상해온다. 동물도 지 새끼 소중한 거 알고 그렇게 깊숙이 감추는데, 양순은 자식을 지키지 못했다. 일찍이 남편 보내 놓고, 아들마저 몹쓸 병으로 보낼 줄은 정말이지 꿈에도 몰랐다. 아들 살았을 때, 건강 챙겨라. 건강 챙겨라. 입버릇처럼 말했건만, 엉뚱한 곳에서 병은 생겼고, 그 병을 이기지 못하고 갔고, 아들 먼저 보낸 쓸모없는 노인네가 되어 꾸역꾸역 살고 있다. 딸이 책을 펴서 읽는다. 책을 들여다보고 있는 딸에게 말한다.

"너는 나이가 들어서도 책을 보나? 눈 아프지 않나? 어릴 때부터 틈만 나면 책을 보더니, 나이가 들어도 그대로네. 책보는 습관은 너 아버지를 닮았어."

딸은 나와 노는 걸 하룻밤도 지겨워서 책을 보나 싶다. 책을 읽는 딸에게 또 말을 붙인다.

"요양 보호사 그 여자, 나는 별로 마음에 안 든다. 별로 하는 일도 없고."

딸은 매정하게 말한다.

"하는 일이 없기는 왜 없어? 그냥 들여다만 봐도 필요해. 요양 보호사가 무슨 농사라도 지으라고?"

딸은 오후에 아이들을 보내고 나서, 아는 체를 하는 앞집 여자의 수다를 들어주느라 한참 동안 앞집 마당에 서 있었다. 그 여자는 딸에게 또 미국에 있는 자기 딸 자랑을 했을 것이다. 남의 이야기 잘 들어주는 딸은 말을 끊지 못해 마냥 들어주었고. 여자는 끝없이 늘어놓았을 테다. 여자는 죽은 10촌쯤 되는 동서의 며느리다. 시어머니와 같이 살 때 시어머니 오래 산다고 몹시도 구박하더니, 시어머니 죽고는 내외가 싸우지도 않고 오순도순 재미있게 산다. 걱정거리라고는 없는 여자는 말 상대만 있으면 누구에게나 자식 자랑을 늘어놓아 이웃들도 별로 좋 아하지 않는다. 그 여자에게서 무슨 말을 들었는지 농사란 말도 한다. '농사는 무슨?' 나는 바라지도 않는다. 아랫마을에 요양 보호사가 오는 집이 있는데, 그 요양 보호사는 이웃 사람들에게도 인사성이 밝고 농 사까지 거들어 준다고 들었다. 아마 딸도 그 이야기를 들었나 보다.

"맘에 들지 않아도 요양원보다는 낫잖아. 냉장고도 정리가 잘 되어 있고, 까스렌지, 씽크대도 윤이 나네."

딸은 달래듯이 말했다. 듣고 보니, 보호사가 와서 의지가 되는데도 딸만 오면, 괜히 같이 사는 며느리 험구하는 시어머니처럼 쓸데없는 말을 늘어놓는다. '매정한 년, 가고 싶지 않은 요양원 이야기는 왜 하 나?' 요양원은 가고 싶지 않다.

"알았다. 너는 책 봐라. 나는 잘란다."

딸에게 말하고 누워 눈을 감는다. 밤에도 자고 낮에도 잔다. 봄에만 해도 낮에 자고 나면 밤잠이 안 오더니 요즘은 낮잠을 자도 밤에 잘 잔다. 자꾸만 잠이 온다. 몸에 힘이 빠져나가는지, 넘어질 것 같아 천 천히 움직인다. 방바닥에서 자다가 일어나기가 성가셔 침대에 자 보니 일어나기가 한결 수월했다. 침대에서 자라는 아이들 말을 듣지 않다 가 이제는 스스로 침대를 쓴다. 죽을 때까지 요양원 가지 않고, 이 집 에서 살다 자는 듯이 죽음길을 가고 싶다. 아, 이대로 영원히 눈을 감 는다고 해도 누가 아쉬워할까.

달포쯤 지났나, 태풍이 와서 바람이 심하게 불었다. 집 담벼락과 경 계에 서 있는 뒷집 감나무에 벼락이 떨어지는지 큰 소리가 났고, 사람 들이 웅성내며 바라보고 있는 기척이 밖에서 들렸다. 이웃에 사는 오

촌 조카의 아들이 밖에서

"할매요, 할매요. 밖으로 나오세요. 위험해요."

하며 소리를 질렀다. 양순은 나가지 않았다. 벼락이 떨어져도 여기서 죽을란다. 하는 심정으로 가만히 있었다. 계속해서 부르는 소리가 들렸다. 양순은 버텼다. 피는 물보다 진하다더니 한 치라도 가깝다고 양순을 걱정하는 오촌 조카의 아들이 고마웠다. 아마 양순이 그날 그 자리서 죽었다면 마지막 목소리가 이웃에 사는 조카손자였을 것이다. 그 목소리를 기억에 담고 먼 길을 갔을 것이었다. 찌지직, 나무 쪼개지는 소리가 나며 부르는 목소리는 묻혔고 뒤이어 쿵 하는 소리가 났다. 나무는 몸통 아래쪽에서 갈려 나간 큰 가지가 부러지며 쿵 하는 소리와 동시에 뒷집 담벼락으로 넘어졌다. 그 나무가 양순의 집으로 넘어졌다고 하더라도 지붕을 뚫고 양순을 내리치지는 않았겠지만, 그 아이의 마음 씀이 고마웠다. 멀리 있는 자식보다 그 순간에는 더 나았다. 이웃사촌, 핏줄, 할머니의 사촌이라는 관계는 멀리 산다면 얼굴도 모를 사이지만 가까이 있어 도움이 되었다. 쥐구멍을 막을 때도, 에어컨이 고장 났을 때도 아들이 전화하면 달려와 살펴 주었다.

강단 있던 날은 지나가고, 이제는 몸이 균형감각을 잃어가는지 잘 넘어진다. 넘어지며 적은 양의 깨라도 수확했지만, 자식들은 양순이 애써 지어놓은 농사에 관심도 애착도 없다. 작년에는 배추 농사가 잘되어 알이 꽉 찬 배추가 아주 탐스러웠는데, 어느 자식도 한 포기도 가져가지 않았다. 올해는 밭에 여남은 포기만 자라고 있다. 아이들 키울 때는 씨뿌리고, 수확하는 일이 재미있었다. 가을에 벼를 벨 때, 거의 마지막이 되어갈 때면, 한 자락이라도 더 있었으면 좋겠다고 생각했다. 집 앞에 노랗게 익어가는 벼 이삭을 본다. 가을 햇살이 골고루 내려앉고, 약하게 바람이 부는지 조금씩 흔들리는 것 같기도 하고 아닌 것 같기도 하다. 햇볕을 받으며 영글어가는 저 예쁨, 얼마나 사랑스러운 낟알들인가. 자식 입에 밥 들어가는 것보다 더 기분 좋은 일이 있었을까. 좋다는 음식은 아무리 바빠도 장만해 먹이고, 맛난 음식이 있다면 어디든, 무엇이든, 내가 할 수 있는 한 했다. 자식이 먹는 모습에 행복했던 시절. 다시 다른 생을 산다고 해도 양순은 자식한테 한 생을 바칠 거란 생각을 한다. 자식을 위해 한 일은 힘들었어도 힘든 줄 몰랐다. 모성 본능에 충실해서였을까. 힘들지 않았다. 그렇지만 목숨까지 내주지는 못했다. 양순이 죽어 자식이 살 수 있다면 기꺼이 했겠지만 죽음은 대신할 수가 없게 되어 있는지, 운명은 극히 개인적인 몫이었는지, 그 길은 달랐다. 자식이 죽었다는 소식을 듣고도 하루가 지나자 배가 고팠고, 밥을 먹었다.

양순에게 전부였다고 생각했던 그 자식이 죽은 지가 벌써 일곱 해가 되었건만 여태 밥을 먹고 살고 있다. 살고 있지만 가까운 기억들의 엉킴이 올해 일인지, 작년 일인지 순서 없이 흐릿해질 때는 혼란스럽다. 올여름에 장손이 벌초를 왔다 갔다고 말하자, 딸은 작년이겠지, 했고, 그런 것도 같다. 아침 설거지를 끝낸 딸이 반찬을 챙겨두며, 이건 뭐고 이건 뭐고, 냉동실을 열어 보이며, 하나씩 꺼내어 녹으면 데워 드시고, 요양 보호사 오면 고기 구워 달라고 하라고 일러준다.

"알았어. 알았어. 잘 알아서 찾아 먹어."

지금이야 알아서 그런다고 하지만, 금방 까먹는다. 김치를 딸이 보냈는지, 며느리가 보냈는지, 생각이 났다가 안 났다가 한다. 누가 보냈으면 어떠랴. 며느리는 여름내 전화도 안 한다는 내 말에 딸이 말한다.

"안 히기는 반친도 보내고 진화 자주 하잖아."

"그랬다더냐? 전화 안 왔어."

양순의 말은 무시되어 버린다. 자신이 없다. 전화 왔는가. 온 것 같기도 하다.

"엄마가 전화하면 매번 괜찮다고 한다며? 나름 잘하느라 애쓰는 며느리 자꾸만 나쁜 사람 만들려고 하지마."

'내가 언제 나쁘다고 했나? 딸은 누구를 나쁘게 말하는 걸 질색한다. 내 편을 조금 들어주면 뭐가 덧나나?

가까운 기억은 양순도 믿을 수 없다. 조금 뾰족한 마음이 되어 "너무 몰아붙이지 마라." "내 나이가 몇이냐?" 하며 입을 다문다. 헤아리고 싶지 않은 나이다. 참, 사람이 백 년을 살다니, 아들만 살아있다면, 이렇듯 오래 사는 것이 죄짓는 기분은 아닐 것이다.

"오래 살아도 건강해서 다행이야. 엄마, 코로나 끝날 때까지는 살아야지."

하는 딸의 말이 귀에 꽂힌다.

"코로나가 언제 끝나는데?"

"그거야 모르지. 좀 오래 갈 거 같대."

딸은 밥솥 전기 코드 뽑지 말라고 말한다. 또 으, 알았어, 한다. 알았어. 하면서도 조금만 시간이 지나면 잊어버린다. 전기 코드가 꽂혀 있으면 전기요금이 많이 나올 것 같아서 자꾸만 뽑고 싶어진다.

딸이 떠날 준비를 한다. 나는 딸이 와서 좋은데, 딸은 집에 빨리 가고 싶은지 지 아들을 기다린다. 마침 그때 전화가 오고 전화를 받은 딸은 시간이 여유가 있다며 음악이 나오는 곳에 가 보겠다며 나선다. 나도 뒤따라 나가 대문밖에 서서 농로 사이로 걸어가는 딸을 바라본다. 벼가 노랗게 익어가는 길로 딸이 걸어간다. 저 길, 지금은 콘크리트 길로 변했지만, 남편이 살아있을 때, 저 길은 논두렁이었다. 사람이 좀 지나다니는 조금은 넓은 논두렁 길, 저 길로 사람들은 산에 가고, 산 넘어 집에 가고, 산 넘어 흐르는 강에 고기잡이를 갔다. 남편은 아이들을 학교에 보내놓고 저 긴 끄트머리에 서서, 아이들이 사라져 보이지 않을 때까지 바라보았었다. 저 길에 서면 저 아래 마을, 멀리까지 보인다. 딸도 기억할 것이다. 지가 얼마나 사랑받으며 유년 시절을 보냈는지를. 저 길에서 아이들이 사라져 보이지 않을 때까지 바라보곤 하던 남편은 아이들이 보이지 않으면 집으로 들어오며 말했었다.

"동네 애들에게 둘러싸여 우리 애들이 학교에 갔어."

늦게 둔 자식 사랑이 유난했던 남편은 아이들의 소년 시절도, 청년 시절도 보지 못했다. 저 길로 마지막 길을 갔다. 상복을 입은 어린 남매를 앞세우고 남편 상여를 뒤따르던 그날의 모습이 보인다. 억장이 무너졌었다. 남편 없는 세상을 어떻게 살아야 할까 싶었다. 지금보다는 좀 더 깊은 가을, 벼를 베던 철이었다. 남편을 묻고 온 날 밤, 창백한 빛을 구석구석 서늘하게 비추며 보름달이 하얗게 떠 있었다.

위쪽에서 내려오는 딸의 모습이 보인다. 어느새 딸은 작은 계집아이가 되어 양순의 행복한 과거의 시간에 가 있다. 어린 딸이 어린 아들 뒤를 따라오던 모습으로 바뀐다. 언제 아이는 작아진 걸까. 저 길 막바지에 박 서방네 산소가 있다. 묘가 여러 기라 제군도 많고, 늦가을이면 줄을 지어 사람들이 지나가고 음식을 진 짐꾼이 올라간다. 남매는 떡 받는 재미로 시제가 거의 끝나갈 무렵에 올라가서는 몇 개씩 시제 떡을 받아, 좋아하며 뛰어온다. 아들은 갈 때는 누이 손을 잡고 가서는 올 때는 먼저 뛰어 내려오며 누나를 이겼다고 의기양양해 떡을 내밀었나. 찬바람에 손등이 빨개진 작은 손이 기억난다.

나이 든 딸은, 내려오다 집 방향으로 꺾어지는 길 초입에 서서 저 아버지가 하듯 서서 먼 곳을 바라본다. 아들의 차가 오는 모습이 바라보이는 저 길 끝에서 옛날을 추억하기라도 하는 듯, 노란 햇살 속에 서 있다. 하얀 길과 옆의 노랗게 익어가는 배경이 아름답다. 아, 언제 또 저런 광경을 볼 수 있을까. 숨이 턱 막혀 길게 숨을 내뱉는다. 누구를 보내고 누구를 기다리는 길. 이제 나는 저길 끄트머리까지 가지 않는다. 올 사람도 보낼 사람도 저곳까지 가서 배웅할 나이는 지나 있다. 저 딸을 또 볼 수 있을까. 양순의 또래가 사라진 지는 오래다. 팔십에도 가고, 구십에도 갔다. 또래가 없어 외로워도 때로는 가고 싶고, 때로는 살고 싶다. 아니 살고 싶은 마음이 더 크다는 것이 숨길 수 없는 솔직한 감정이다.

서곡

숲속 산책을 하며 클래식을 듣는다. 주페의 《경기병 서곡》이다. 희망에 가득 차 저절로 힘이 솟는다. 출발선에 선 달리기 선수처럼 가슴이 뛰며 비장하다. 앞에 큰 길이 펼쳐지고 경기병의 씩씩한 모습, 트럼펫의 나팔소리, 신호 나팔이 트럼펫과 호른의 유니즌(완전한 일치)으로 드높이 울리면 곧 트롬본 합주가 답한다. 2/4박자의 용감한 행진곡의 시작. 점차 템포가 빠른 말발굽 소리. 명쾌한 경기병의 행진. 용감하고 씩씩한 모습이 연상되며 흥에 겨워 기분이 좋아진다. 알렉산더 대왕이 동으로, 동으로 진격하듯, 카이사르가 루비콘강을 건너듯. 진격 나팔 소리는 시작을 알린다.

지난가을 어느 주말 저녁, 버스에서 내려 큰길로 오고 있는데 어디선가 노랫소리가 흥겹다. 강동아트센터 마당에서 열정 넘치는 악기를 연주하는 외국인 가수의 공연. 어설픈 우리말로 곡을 소개하고, 연주가 시작되고, 탱고 리듬이 관중들의 손뼉에 맞춰 신나게 온 마을로 퍼졌다. 음악 소리에 홀려 나도 모르게 샛길로 들어가 아트센터 마당에 섰다. 동영상을 찍어가며 주말 저녁을 음악을 즐기는 사람들과 함께 시간을 보냈다. 가족과 친구와 연인과 음악에 취해 흥겨운 시간을 즐기는 그들과 연주자는 하나가 되어 행복의 정점에 이른 것처럼 보였다.

바로 이 순간, 5분의 지속에 불과한 현재라는 이름의 축복이다. 그 여운을 안고 집으로 오는 발걸음이, 탱고 스텝을 밟는 댄서처럼 가벼웠다. 누렸던 즐거움은 끝나고 나서도 한참 동안 남아 뇌까지 행복감으로 채웠다. 오르페우스의 리라 연주와 노래에 동물들이 춤을 추었고, 스틱스강의 뱃사공 카론과 저승 문지기 괴물을 사로잡은 음악의 힘은 오늘 나에게도 위대했다.

햇살이 조금씩 팽창되기 시작하는 봄날, 아이는 노래를 부른다. "♪ 나리, 나리 개나리, 입에 따다 물고요. 엄마? 그다음은 뭐지?" 막 첫돌이 지난 아이는 밖에서 놀다 집안으로 들어오며 즐겁다. 한 소절씩 물어 가며 전곡을 다 왼다. 서른이 넘어 이제 새 가정을 꾸린 아들은 어릴 때 노래 부르기를 좋아했다. 아들 방을 정리하다가 책장에 놓여 있는 유치원 졸업 사진, 지금의 마른 얼굴과 대비되는 통통하고 귀여운 얼굴. 빨간 유니폼에 사각모를 쓰고, 앙다문 입술이 사랑스럽다. 저절로 내 입가에 미소가 번진다. 지금은 믿음직스럽지만 '그때는 사랑스러웠지.' 마음으로 말해 본다. 이제 아들에게도 아이가 태어날 것이고, 그러면 난 그 아이의 모습에서 아들의 아기 때를 느낄 것이다. 엄마가 내 아이들을 사랑한 것처럼 나도 할머니가 되어 다른 친구들처럼 손주 자랑을 하고, 카톡에 올리기도 하며 사랑을 표현할 것이다. 그렇게 한 인생이 태어나 걸음마를 하며 성장해가고, 나는 젊은 날들을 회상하며 할 수 있는 건 사랑하는 것뿐이라는 듯, 여느 할머니처럼 행복해할 것이다.

공릉동 셋방, 작은 공간, 뜨개질을 하며 듣던, 골목에서 들려오는 아이들의 노는 소리, 노랫소리, 웃음소리. 생선 장수의 외침 소리가 지금도 들리는 듯하다. 오징어 한 마리를 사, 나는 국물만 먹고도 서운하지 않았던 날들. 그때 난 행복했을까? 행복이란 모자람과 남음의 중간 정거장. 모자라지도 않고, 넘치지도 않는 것, 그때를 사람들은 알까? 그 행복이 너무 빨리 지나쳐 사람들은 볼 수가 없다. 기억에서만 자리를 차지하고 살아있을 뿐. 세를 조금씩 키워나가는 봄볕처럼 아이들이 봄볕에 자랐고, 엄마의 희망도 봄꽃 개나리처럼 화사하고 예뻤다. 공릉동 집 앞은 군부대에 내복을 납품하는 공장이었다. 젊은 직원들이 점심시간이면 밖으로 나와 운동을 하거나 봄볕을 쬐며 쉬었다. 아이는 이들과 잘 놀았다. 조그만 아이가 말을 또박 또박 잘해 귀엽다며, 말을 시키고 노래를 부르라고 했다. 노래가 끝나면 아이에게는 어김없이 과자나, 사탕이나 아이스바가 주어졌고, 아이는 선물의 매력에 레퍼토리를 바꿔가며 노래를 불렀다. 아이는 노래를 익히기 위해 열심히 엄마에게 배웠고, 배웠으니 자신 있게 더 잘했고, 하다 보니 신이 났을 것이었다. 커 가면서의 자신감도 아마 그때부터 형성되지 않았을까? 노래를 좋아했고, 호기심이 많았고, 질문도 많았다. 초등학교 몇 학년 때였던가? '서태지와 아이들'이 한창 주가를 올리고 있었고, 아이는 제 이름에 아이들이란 그룹을 만들어 이마트 앞 사거리에서 길거리 공연을 했다고 했다. 내가 직접 보지는 못했지만, 아이의 용기에 웃었다.

아들은 회사 연말 파티에 그룹사운드를 만들어 공연했다. 바쁜 와중에도 시간을 쪼개 연습을 하던 아들의 젊음을 즐기는 모습이 보기 좋았다. 프랑스는 한 개 정도의 소통이 가능한 외국어에, 취미로 악기 하나쯤은 다룰 줄 알아야 중산층이라고 한다는 뉴스를 보았다. 예술을 사랑하는 건 지친 몸과 마음을 쉬어가는 것. 영혼에 잠시 휴식을 주고, 새로운 힘이 봄날 맑은 샘물처럼 솟아오르도록 하는 것. 그 샘물엔 하늘이 보이고, 하늘을 나는 새의 날갯짓이 보이고, 자유로운 새의 노래를 들을 수 있는 귀가 있을 것이다.

영혼에 깊이 새겨진 것은 영원히 살아있어서 계속 그 대상을 찾아다닌다. 화가가 더 좋은 그림을 그리기 위해 대상을 찾아다니듯, 작가가 좋은 글을 쓰기 위해 책을 읽고, 여행하고, 체험을 하듯, 스쳐 지나가는 영감을 다 잡을 수 있다면, 원하는 것이 성취될까? 초벌 그림이 스케치가 되고, 스케치가 유화가 되듯, 최초의 모호한 생각을 다듬으면 무엇이라도 될까? 나도 좋은 글을 쓸 수 있을까. 형체를 갖추지 못하는 미완성의 형상들. 잡힐 듯하다 흩어져 버리기 일쑤다.

아직 덜 차오른 숲, 라디오에서는 드보르자크의 〈현악 4중주 12번 F장조 아메리칸〉이 흐른다. 드보르자크가 미국 아이오와주 체코인 마을 스필빌에서 가족과 휴가 중, 초고를 3일 만에 작곡했다는 음악, 작가의 초고는 가슴으로 써진 거라고 했던가. 바람이 살랑대는 것과 같은 바이올린의 부드러운 소리와 상승하는 5음계 비올라 선율, 나는 음악에 대한 지식은 없지만, 드보르자크가 스필빌에서 맛보는 휴식의 만족스러움과 행복감이 느껴진다. 내 아들도 미국에서 고국을 그리워하기도 하고, 행복해하기도 하며, 새 가족을 만들 것이다. 숲은 말한다. 또 다른 시작이라고. 오래전에 내가 사랑했던 것을 지금도 사랑한다. 우리가 공유했던 시간과 영혼의 밑바닥에 깔려 있는 그 어떤 무엇까지도. 숲속 걷는 길 양지쪽에 풀이 파랗다. 겨울을 난 푸른 생명이 도움닫기를 하며 출발선에 섰다. 봄을 실은 바람이 아직 거칠지만, 성장에 자극을 주어 더 힘차게 꽃을 피우고, 잎을 키우리라는 담대한 포부를 본다.

김 상 옥

창작 노트

한 해가
흘러가는 강물에
낙엽 한 잎
띄워 보낸다

■ 수필

선운산, 그곳에 다시 가고 싶다

　삼월 하순이다. 이 땅의 생명들이 새로운 기운에 나래를 펴는 봄이, 기다리던 봄이 찾아왔다. 봄이 왔지만 원하지 않은 중국 발 코로나 바이러스까지 들어와 국민들의 마음을 어지럽게 하고 있다. 불청객의 방문에도 불구하고 새로운 기분으로 봄을 맞이하기 위해 산악회를 따라 전북 고창에 위치한 선운산 도립공원으로 향한다.

　선운천의 맑은 물을 보면서 선운사의 담장을 끼고 오르는 길은 여유로움 그 자체다. 선운사 소속 암자인 석상암까지 가는 길에 기다리던 봄이 미리 와 있다. 겨울 동안 어디에 숨어 있다가 소리 없이 내민 각종 식물들의 연두색 잎은 생명을 잉태하는 희망 그 자체다. 현호색 꽃과 연분홍 진달래가 웃으며 봄의 얼굴을 드러내고 있다.

　선운산 도립공원은 해발 300여 미터의 낮은 산으로 이루어져 있는 곳이지만 호남의 금강산으로 일컬을 만큼 산세가 아름답다. 사시사철 계절을 따라 변화하는 산과 숲, 바위, 그리고 낮은 곳으로 몸을 낮추며 흘러내리는 계곡의 어우러진 풍광이 이름을 더하고, 각종 명승지와 백제시대의 천년고찰 선운사가 위치해 있는 곳이다. 선운산은 일명 도솔산이라고도 한다. 선운은 구름 속에서 참선을 한다는 뜻이고, 도솔이란 미륵불이 있는 도솔천궁을 뜻한다고 한다.

역사가 깊은 곳에는 다른 곳에서는 볼 수 없는 명품이 자리 잡고 있기 마련이다. 선운산이 그런 곳이다. 다름 아닌 3대 천연기념물이 선운산에 둥지를 틀고 사람들의 시선을 끈다. 먼저 시선을 장악하는 곳은 선운산 생태 숲 건너편 바위에 있는 송악으로 사계절 푸른 잎을 간직하고 있는 두릅나뭇과 식물이다. 가지에서 공기뿌리가 나와서 나무나 바위를 타고 자라는 특성을 가진다. 원래 전남북의 해안이나 울릉도에서 자생하는데 이곳의 송악이 가장 오래되어 천연기념물 제367호로 지정되었다고 한다. 다음은 수령 500년의 동백나무 숲, 그리고 수령이 600년이나 되었다는 장사송이다. 날렵하면서도 하늘 높이 솟아 위엄을 가진 형상이 마치 칼을 찬 수호신 같은 모습이다

마이재를 지나고 해발 336m의 수리봉 정상에 올라 잠시 휴식을 취한 다음 능선을 따라가다 보니 발아래에 전개되는 선운사의 전각들을 비롯하여 선운사 입구에 설치된 각종 시설물, 주변의 아기자기한 산맥, 그리고 계곡의 물을 담은 저수지 도솔제 등의 아름다운 풍광이 한눈에 펼쳐진다. 선운사의 부속 암자인 참당원을 지나고 소리재에 이르는 길은 깊은 산 아름드리 나무들이 참선을 하는 듯 조용하게 사색하며 묵언 중인 지역을 걷는 길이다. 처음으로 와 본 선운산. 높지도 않은 등산로에 나무들이 이렇게 오래된 숲의 역사를 간직하며 자신들의 천국을 꾸미고 있을 줄 가히 짐작도 하지 못한다. 아직 잎이 나지 않은 이른 봄에도 숲의 향기가 이러한데 한여름 자신들의 색깔로 옷을 입으면 얼마나 멋지고 아름다울까 상상하면 그 자체로 즐겁고 숲이 주는 넉넉함에 감사의 마음이 절로 나온다.

소리재를 지나고 낙조대와 천마봉에 이른다. 수직 절벽으로 이루어지면서 바위 형상이 특이하다. 수리봉에 올라 사면을 바라보니 호남

의 금강산이라 일컬어지는 소문이 허언이 아니다. 바위 절벽 아래 아름다운 전각들이 그림처럼 서 있는 도솔암 등의 사찰과 어우러진 계곡, 이어 달리는 산맥과 바위들, 자연이 그려낸 푸른 소나무들과 회색 나무들의 조화, 어느 곳 하나 시선을 잡아 놓치기 어려운 풍광이 전개된다.

수직 바위 아래로 난 계단을 따라 내려와 계곡을 걸으니 진흥굴이다. 신라 진흥왕이 왕위를 버리고 이곳에 와서 수도를 하던 곳이라는 전설이 서려 있는 큰 동굴이다. 한 나라의 지존인 높은 자리도 지상의 최고 행복을 누리는 자리도 아니고 자신의 꿈과 이상을 실현하는 자리는 더욱 아니었던 모양이다. 오늘날 조그마한 욕심에도 집착하는 사람들의 모습과는 너무나도 다른 품격이다. 모든 권세와 영광을 한몸에 지닌 한 나라를 다스리던 왕도 그 자리가 부처의 마음이 되기에는 적격의 자리가 아니라고 생각되어 미련 없이 버렸을 진흥왕의 비움에 대한 사상, 몸소 실천한 그 모습을 이 진흥굴에서 상상해 본다.

구름을 벗 삼은 참선의 도량인 선운사를 살펴본다. 선운사는 전북의 내소사, 내장사와 수십여 개의 암자를 소유한 불교 조계종 24교구의 본사로서 백제 위덕왕(577년) 때 건립된 천년 고찰이다. 경내에 들어서면 크고 작은 전각과 담장, 그리고 각종 나무들이 아름다운 모습으로 다가온다. 사찰의 대문인 천왕문을 지나면 만세루가 보인다. 만세루는 승려들이 불법을 배우는 강의실인데 일자형 아름다운 지붕에 껍질만 벗기고 그대로 사용한 나무들로 전각을 지은 건물이다. 만세루를 지나고 맞이하는 전각은 선운사의 중심 건물인 대웅보전이다. 대웅보전은 임진왜란 때 소실 후 조선 광해군 때 지은 건물로 맞배지붕의 아름다움과 내부 천장의 수많은 용들이 구름 속에서 선운사를 수호하고 있다. 여기 대웅보전에서 허리를 구부리며 경배하는 보살이 보인다. 지극한 마음을 담아 정성을 올리는 모습은 너무도 경건하다. 사람이 살아가는 길이 어찌 순탄하기만 할까? 오늘 여기서 무슨 소원을 비는지 곁에 있기도 조심스럽다.

선운사 탑과 조화를 이루고 서 있는 전각은 자체로도 아름답지만 주변과 어울려 있는 풍경이 더 눈길을 끈다. 뒤편으로 천연기념물인 동백 숲이 붉은 꽃을 피웠고, 양옆으로 수백 년 배롱나무들이 조화를 이루고 있다. 한여름이면 붉고 화사한 꽃들이 선운사의 품격을 드높일 아름다운 모습으로 수를 놓을 것이다. 천년 수조에는 생명을 잉태하는 물이 흘러 절을 찾아오는 객들에게 한 모금의 물로 마음을 정화하게 하는 모습이 보인다. 이밖에도 범종루, 관음전, 성보박물관 등 전각들이 선운사의 역사를 대변하고 있다.

선운사를 돌아 나오는 길에 선운산가비와 미당 시비가 보인다. 백제 시대 돌아오지 않는 남편을 기다리는 여인의 한을 담은 〈선운산가〉는 여기에 기록되어 있지는 않지만 미당 선생이 지은 선운산가비, 그리고 미당 시비는 이 지역이 미당의 고향임을 알리고 있다.

산은 말이 없는 스승이다. 찾아오는 사람을 언제나 말없이 받아준다. 산을 찾는 사람이 무겁게 지고 온 욕심을 비우면 비운 마음 그 자체가 고요한 행복으로 다가와 심신을 가볍게 한다. 선운산에서 우리 국토의 아름다움을 다시 새겨보는 오늘, 외국에서 침입한 코로나도 하루빨리 퇴치되어 국민들이 안심하고 살아갈 수 있기를 바라는 마음 간절하다.

김 재 근

창작 노트

단풍이
몰고 온
가을이 뜀박질하니
마음만 바쁘다

또 한 해가
가기 전
작은 흔적 하나
남겨 본다

■ 시

수락산

사과들이
얼굴을 붉히기 시작한 초가을
솜털 구름
옥색 하늘과 맞닿은 곳

감춰진 숲의 속살
수십 길 폭포에서
하얗게 흩어지며
내지르는 보석들의 환호가 온 산을
들었다 놓는데

오랜
가뭄 끝에
바위산과 물이 빚어낸
선경에
정신을 놓은 사람들
시간을 잊은 듯

명경지수에
몸과 마음을 담그고
생각에 젖은 모습들

잠자는 시간도
아쉬워
허위 대며 살아온
숱한 날들에 의해 쌓여진
무수한 짐들

무거운 어깨와 마음
보듬고
깨끗이 씻어 주는 계곡 거울같이
맑게 흐르는 물에

생동하는
기운
새롭게 충전한다

커피 한 잔

맑은 햇살이
아침을 연다

낯설고
물선 이곳까지 와서
내 곁에서
따뜻한 마음을 전해주는 친구

김이 모락모락
은은하게 전해오는
입안의 감촉
진하게 전해오는 연인의 향기다

시간이
삼킨
한 잔이
여운으로 남았지만

우리의 만남
오늘의 일상을
한 잔의 커피에
따뜻하게

녹이고 싶다

솔향기 길

한때 그곳은
갈매기도 철새도 머물지 못하고
조개들도 숨을 할딱이다가
빈 껍질만 남긴
유조선 기름덩이가 지배하던 곳

삶의 전설이 떠난 그곳에도
정성을 다한 구원의 손길에
시간을 더한 숱한 바람과
정감 어린 햇살이 내려와 앉았고
하얀 마음을 잃어
서럽게 울던 파도,
꿈을 잊었던 모래도
오랜 침묵 끝에 웃음을 찾았다

바닷물이 저만치 물러난
손바닥 웅덩이에 손톱만 한 게 한 마리
재빨리 돌이 되는 작은 생명체도

숨 쉬는 자의 본능을 적응하기 위해 시간은 또
그렇게 아파야 했다

파도가 절벽에 하얀 보석을 쏟아내자
소나무가 넘실넘실 춤을 추며
해당화의 붉은 정열에 까치수영도 웃고 있는 곳
사람의 인기척에
고라니 한 마리가 화들짝 하늘 높이 솟아오르는
생명의 터전

만대항에 이어지는 솔향기 길은
푸른 마음을 담아내는 거대한
꿈의 빈 공간

생명의 길

■ 수필

양보와 배려

　모처럼 비가 와서 더위도 잠시 물러난 7월, 초복이 지난 아침에 태능에서 지하철을 타고 상일동으로 가기 위해 집을 나섰다 지난 낮과 밤에는 오랜 가뭄 끝에 비를 동반한 소형태풍이 이 땅을 어루만지듯 피해 없이 잠시 스치고 지나갔다. 목이 탔던 초목들이 잠시나마 갈증을 달래면서 웃고 있었다. 그렇지만 불타는 대지의 일부분을 적시기에도 부족하게 내린 비로 인하여 산은 물을 계곡으로 흘러보낼 마음의 여유가 없었다. 그래도 잠시나마 먼지로 가득했던 하늘을 깨끗하게 평정하고 타들어가는 목마름을 해소해 준 고마운 생명수가 지나가고 난 다음의 아침은 시원한 사이다의 청량감 그것이다.

　수많은 사람들의 이동수단으로 충실한 역할을 담당하고 있는 지하철의 아침 시간은 출근하는 사람들로 가득 물결을 이루며 생동감으로 넘쳐나는 곳이다. 오늘 지하철을 타고 보니 객실은 만원이나 다름없고 사람들의 열기를 식히기 위해 공중에서 에어컨이 계속해서 바람을 쏟아내고 있다.

　지하철 객석의 구석에는 몸이 불편한 노약자 보호를 위해 마련한 노약자석이라는 게 설치되어 있다. 마침 몇 좌석 떨어진 곳에서 보니 노약자석에는 좌석 2곳이 비어 있는데 어디서부터 타고 왔는지 4—5살

정도의 어린 여자아이가 아침 일찍 어린이집에라도 가는지 노약자석 앞에서 어깨에 가방을 메고 30대로 보이는 아버지 손을 잡고 얌전하게 서 있다. 어린 여자아이도 모두가 보호해야 할 약자가 틀림없는데 앞에 자리가 있어도 앉지 않고 서 있는 것이 다른 사람을 배려하기 위한 것으로 보인다. 하지만 배려를 받아야 할 너무 어린아이가 배려를 하기 위해 서 있다는 것이 너무 측은하게 느껴진다. 노약자석 3자리 중 2 자리는 비어 있는데도 아이 아버지는 아이를 앉히지 않고 여기까지 서서 온 것이다. 아이는 아마도 빈 자리에 앉고 싶었을 것이다. 아이가 앉고 싶었지만 아버지가 손을 잡고 서 있어서 앉지 못했는지 아니면 아버지가 앉으면 안 된다고 해서 서 있는지는 모르지만 아이는 몸을 꼬면서 서 있는 것이 여간 불편해 보인다. 다음 역에서 50대가 채 안 된 여성이 차에 오르고 두리번거리더니 노약자석 빈자리에 잽싸게 앉는다. 아이도 그것을 보고 있는데 누구 한 사람 아이에게 앉으라고 말 한마디 없다. 아이는 50대 여성이 앉는 것이 부러운 듯 바라보고 아마도 조금 전까지 비어 있는 자리에 어른은 앉아도 되고 나는 왜 안 되는지 이해가 되지 않는 표정이다. 아이가 힘들게 서 있는 앞에 앉은 그 여인은 자리에 앉자마자 아이에게는 눈길 한 번 주지 않고 당연하다는 듯 핸드폰을 꺼내어 검색을 하고 있다. 그렇게 몇 정거장을 지날 때까지는 나머지 한자리도 비어 있었는데 누구 한 사람 앉으라고 말하는 사람이 없다. 아무것도 모르는 듯 침묵하면서 열심히 달리던 무심한 열차는 제시간을 맞추느라 힘겹게 사람들을 빨아들이고 또 쏟아내곤 한다.

다시 4정거장이 지나고, 이번에 60대 초반 남자가 어슬렁거리며 다가와 아이가 보고 있는 나머지 자리를 차지하고 앉는다. 순간 어린아이는 울상이 된다. 자신이 앉을 수 있는 희망이 사라진 것이다. 서 있는 자리가 불편하고 다리가 아픈 아버지를 올려다보며 "아빠, 언제 내려"하면서 묻는다. 아버지는 "조금 더 가야 한다"라고 하면서 한 손은 손잡이를 잡고 아이를 잡고 있던 한 손은 핸드폰을 꺼내어 검색을 한다. 이런 광경을 아는지 모르는지 좌석에 앉아 있는 사람들은 관심이 없다. 차가 울렁거리며 요동을 치자 어린아이는 아버지 다리를 두 팔로 감고 서 있다. 어린아이가 서서 가고 있는 동안 핸드폰을 검색하던 아줌마와 60대 남자는 눈을 떴다 감았다 하는 행동을 반복한다.

아직 세상을 알지 못하는 어린 여자아이는 어른들의 행동이 이해되지 않는 얼굴로 그들을 쳐다보았으나 그들은 돌부처가 된 모습으로 아무런 표정도 없다. 그렇게 거의 20분이 지나도록 그들은 내리지 않고 계속 가고 있었다.

우리나라는 예로부터 어려운 이웃을 도와가며 함께 상부상조하며 살아가는 미풍양속과 남을 배려하는 마음을 가르치고 실천한 민족인데, 풍요로운 물질이 지배하는 오늘날은 우리가 살아가는 사회나 공동체의 이익이나 배려보다 오직 자신과 가족의 이익만을 위하는 사회가 되었다.

오늘 지하철을 타고 보면서 비교적 건강한 사람들이 노약자석에 앉아 가기 위해 그 앞에서 다리가 아파 칭얼대는 표정으로 서서 가는 어린아이를 앞에 세워 두고 자는 척 앉아서 가는 그분들의 마음을 살펴보았다. 건전한 정신을 가졌다면 그분들의 마음이 과연 편안하였는지 모르겠다. 자신들의 사랑스런 어린 손자녀였으면 과연 이렇게 무관심했을까 하는 생각도 해본다.

거의 백 년 전인 1923년 5월 5일 방정환 선생이 어린이날을 제정하여 오늘에 이르렀고 어린이를 위한 행사를 하고 있는 지금이다. 각종 전염병으로 마음이 우울하고 감정이 메말라가는 게 현실이지만 더 어려운 이웃을 배려하는 마음, 특히 어린이를 배려하는 마음과 인정이 사라져가는 현실이 안타깝고 쓸쓸하게 느껴지는 오늘이다.

김 희 숙

창작 노트

바다의 깊이를 모르는 아이처럼
겁 없이 글 바다에 발을 들여놓습니다
심해에 닿아 영혼의 비늘을
마주할 수 있으리라는 꿈은 요원하지만
바다를
바라보는 마음은 푸르릅니다

그랑드자트섬의 일요일 오후

바람 부는 날 벚꽃이 진다
하늘 가득 꽃보라다
꽃잎마다 다른 빛깔
다른 이야기 안고
호르르 호르르 내린다

새소리 별 인사
들을 새 없이 흩어진다
길 위에 풀밭에 내려앉는 꽃잎
아쉬운 마음 아는지
꽃은 지고 나서도 다시 핀다

비 오는 날 벚꽃이 진다
하늘 가득 꽃비다
눈물 같은 빗방울 손잡고
사르르 사르르 내린다

못다 한 이야기

가지 끝에 걸어두고 흩어진다
서운한 마음 아는지
꽃잎은 고인 빗물 위에
그림을 그린다

산과 바다
양산 든 귀부인이 있는
그랑드자트섬의 일요일 오후

내가 되고 싶은 것

나는 들꽃이고 싶다
마을 뒷산이어도
깊은 산 속이어도
나만의 향기와 모습으로 피고 싶다
많은 사람 아니어도
함께 웃어 줄
한 사람 있다면

나는 바람이고 싶다
오는 곳 가는 곳 어딘지 몰라도
오월 푸르른 날 아카시아 꽃내음 실어나르고 싶다
많은 사람 아니어도
함께 즐겨 줄
한 사람 있다면

나는 숲속 작은 웅덩이이고 싶다
크거나 아름답지 않아도
이름 모를 작은 생명들 키워내고 싶다

많은 사람 아니어도 내게 위로받을

한 사람 있다면

■ 시

어머니

어머니
당신이 언 땅에 생명의 심지 돋우시고
하늘 담은 연못 되셨을 때
나는
도롱뇽 알 더불어 떡잎 틔우는
작은 씨앗이 되었습니다

어머니
당신이 햇살 불러 모으시고
봄물 떠 다 마중물 부어 주실 때
나는
맑은 수액 우듬지까지 퍼올렸습니다

어머니
당신이 분홍 옷 곱게 지어 입히시고
노란 리본 머리에 꽂아 주실 때
나는
춤추는 나비 되어

나절이 지나도록 날갯짓 했습니다

어머니
당신이 바쁜 일손 잠시 놓으시고
새들의 교향곡 들으실 때
나는
물방울 닮은 풍경 하나
허공에 매달았습니다

어머니
당신이
고단한 몸으로 풀밭에 누우실 때
나는
실바람 되어
사랑 노래 불렀습니다

박 연 희

창작 노트

코로나 19로 민서하고
방구석 캠핑을 했다
작은 캠핑 의자에 앉았다
아주 가벼운 의자는 후!~
하는 입김에도 날렸다
코로나는 우리를 잡을 수 없었다

방구석 캠핑

코로나19로 집안에 갇혔다. 막무가내로 사라질 낌새가 보이지 않았다. 바깥을 자유로이 다닐 수 없어서 가장 힘들었다. 불현듯 떠올린 것은 집안에서 캠핑이었다. 바깥에 치는 텐트는 비바람을 막아주지만 방안에서는 코로나로부터 벗어날 수 있었다.

구석방에 텐트를 쳤다. 대한민국 전도가 한 벽면에 붙어 있고 책장과 컴퓨터만 있는 내 방이었다. 좁은 공간이어서 한 면만 막히고 세면은 트인 그늘막으로 했다. 목 받침이 있는 캠핑 의자 하나만 들여놓았다. 작고 아주 가벼워서 의자에 앉은 내 몸도 무게가 적어지는 느낌이 들었다. 내 마음도 같이 가볍고 편안해졌다.

한참을 앉아 있으니, 비좁은 방에 갇힌 막막함에 갈등이 생겼다. 애초에 다니기를 좋아하는 마음을 내려놓고 스스로 동굴에 들어간 꼴이었다. 원래부터 가지고 있던 화가 스멀스멀 올라오고 있었다. 민서는 유치원에서 몇 달을 마스크를 하고 보냈는데, 할머니가 못 참으면 어떡하나.

방학을 한 다경이 하고 민서를 텐트에 초대했다. 캠핑장 이름을 무엇으로 할까 하니까, 두 번 생각하지도 않고 "방구석 캠핑"이라고 다경이가 말했다. 나는 예쁜 방 이름을 짓는다고 열심히 생각했는데 역시 아이들하고 많이 놀아야 되겠다. 방장은 민서로 정했다.

저녁밥은 텐트에서 짜파게티를 먹기로 했다. 마트를 간다고 현관을 나서는데, 거울에 비친 내 얼굴을 보는 순간 뭔가 이상했다. 내 얼굴이 아니었다. 마깥보다 집 안에서 지내니, 내 마음이 변한 걸까. 얼굴이 변한 걸까.

할머니 마스크 하고 가야지 하고, 민서가 소리 질렀다. 몇 달 동안 백옥같이 흰 마스크를 하고 다녔으니, 검고 딱딱한 내 얼굴을 마주하기가 불편했다. 하긴 사진도 잘 안 찍으니까. 마스크를 하고 거울을 보니 내 얼굴이었다. 거리낄 것 없는 걸음으로 집을 나섰다.

김밥 집, 손만두 가게, 공인중개사 가게마다 눈을 맞추고 가게 앞에 옹기종기 세워진 화분 하나하나를 들여다보았다. 며칠째 내린 비로 물기를 머금은 잎들이 푸르렀다. 내가 이렇게 아름다운 곳에 살았나. 여행을 하듯 생소한 모습이었다.

할인 마트는 안쪽에 깊숙이 있었다. 내 방 안에 숨어 있는 캠핑장 같았다. 갑자기 텐트로 돌아가고 싶은 마음에 짜파게티 한 묶음을 사가지고 얼른 집으로 왔다.

그럼에도 불구하고, 코로나19가 끝나면 나는 또 까먹게 되겠지. 오늘 이 마음을 잊어버리기 전에 방장에게 말해야 되겠다.

텐트 안에 둥근 밥상을 폈다. 밥상 위에 1구 인덕션을 놓고 코펠에 물을 끓였다. 저녁밥은 방장인 민서가 하기로 했다. 앞치마를 입고 목장갑을 끼고 나무젓가락으로 짜파게티를 야무지게 저었다.

텐트 안에서는 늘 손에서 떨어지지 않던 스마트 폰이 없었다. 오이 하나만 놓은 간소한 밥상이지만 음식 트집도 하지 않고 아이들은 저희들끼리 누가 면치기를 잘하나 내기를 하면서 맛나게 먹었다.

다경이는 조그만 보이차 다관과 찻잔을 가지고 왔다. 다관에 담긴 시원한 물을 작은 보이차 잔에 따랐다. 옆에 앉아 있는 민서에게 물을 주면서 동생을 챙겼다. 약간 어두운 텐트 안에서 혹시 아이들이 다칠까 봐 살피고 있던 할아버지도 입가에 미소를 띠었다.

초등학교에 다니는 다경이는 일주일에 목요일 하루만 학교에 갔다. 나머지 4일은 집에서 원격수업을 했다. 선생님과 반 친구들하고는 오픈채팅으로 대화를 하면서 서로 숙제도 도와주었다.

민서의 꿈이 스튜어디스라는 걸 처음 알았다. 할머니는 민서가 승무원으로 있는 비행기를 타고 여행을 해야겠다고 하니, 그때는 할머니가 없다고 말했다. 오늘 텐트에서 내가 이 세상에 없는 날이 온다는 것을 들었다. 민서 입으로 듣는 그 말은 고통스러웠다.

코로나는 곧 사라지겠지. 민서가 커서 꿈을 이룰 때까지 살아있으면 바깥 여행을 떠나고, 그때는 방구석 캠핑을 생각하면서 종종걸음을 치겠지. 그러다 민서가 어른이 되면 캠핑 의자보다 더 가벼움으로 할머니는 딴 세상으로 여행을 떠나고.

저녁밥을 먹고 아이들이 집으로 가고 난 뒤 경주에서 전화가 왔다. 남편의 친구 부인이 저 세상으로 떠났다고 했다. 암으로 몇 년을 고생했다. 치료가 잘 된다고 하더니 코로나 때문인가.

남편이 하는 말이 그 친구가 교회 장로여서 그런지 부인의 죽음을 담담히 받아들이는 것 같다고 했다. 물론 최선을 다해서 치료를 했으니까 그렇겠지만, 너무나 아쉬운 마음이 들었다. 나는 다시 방구석 캠핑장을 들여다보았다.

금박

궁중 복이 나부꼈다. 금박의 화려함이 돋보이듯 큰 물결을 만들었다. 아모레퍼시픽 신사옥에서 열리는 중요무형문화재 금박장 김덕환 선생의 전시회에 왔다. 달항아리를 닮은 신사옥은 한국의 전통가옥을 현대적인 아름다움으로 나타냈다. 금박이 찍힌 궁중 복은 화려함을 넘어 신비스런 감이 들었다.

내 머릿속의 기억들이 쏟아져 나왔다. 마음으로 그린 생각들이었다. 산 밑에 높이 한옥이 있었다. 마루에서 내려다보면 낙동강이 흘렀다. 때때옷을 입은 아가가 마루에 서 있었다. 빨간 치마에 금박이 찍혔다. 나는 거기서 태어났고, 자랐다.

벽에 달력이 걸려 있었다. 그때는 숫자만이 있는 스마트 폰 달력이 아니었다. 좋은 그림들이 집을 장식하는 역할도 했다. 열두 장은 모두 한복을 입은 여자들이었다. 첫 장에는 금박이 찍힌 궁중 복을 입고 있었다. 아름다운 금박 무늬가 피어나듯 보였다. 낮에 방바닥에 앉아서 달력을 쳐다보고 놀았다. 하루 종일 밖에 나가지 않고 가만히 있었다.

밤에 잠자리에 들어 엄마는 이불을 코끝까지 덮어 주었다. 겨울에는 늘 그렇게 나를 꼭 껴안고 잠을 잔 것 같다. 한참을 지나니 손은 느슨해지고 깊이 잠든 숨소리가 들렸다. 나는 기다렸듯이 이불을 내리고 엄마의 팔에서 벗어났다.

달력을 쳐다봤다. 예쁜 얼굴과 한복에 찍힌 금박이 어렴풋이 보였다. 살며시 일어나서 벽에 걸어 놓은 내 한복을 찾았다. 음력설이 다가와서 엄마가 만들어 놓았다. 복주머니와 버선은 작아서 깜찍하고 귀여웠다. 치마를 둘둘 말아서 허리에 묶고 저고리를 걸쳤다. 한복을 입은 채 이불 속으로 들어갔다.

금박 찍힌 한복을 들여다보다 달력 속으로 쑥 들어가 버렸다. 머리를 쪽 쪄야 하는데, 나는 설빔 머리로 파마를 했다. 파마머리 위에 풍성하게 많은 얹은머리를 올려보았다. 이리 돌려서 보고 저리 돌려서 보고 했다. 달력 위를 살포시 걸어 보았다. 금박으로 찍힌 꽃들이 바람에 날렸다.

엄마가 한숨 자다가 깨서 등 돌리고 누워 있는 나를 끌어당겨서 안았다. 꼭 껴안긴 품 안에서 나는 달력을 쳐다보지 못했다. 눈을 감고 조금 전에 보았던 것들을 생각했다. 금박 꽃들이 눈에 아른거렸다. 엄마 품은 편안했다. 내 귀에 내가 잠드는 숨소리가 들렸다.

밤에 달력 속으로 들어가는 것은 열두 장을 다 넘길 때까지 계속되었다. 한 장마다 사진 속의 주인공이 되기도 하고, 그때마다 내 한복은 바뀌었다. 금박이 찍힌 옷들은 모두들 예뻤다. 내 생각들은 점점 더 선명해지면서 길어지기도 했다. 생각에 꼬리를 물고 내 잠버릇은 그때부터 늦게 잠들고 늘 늦잠을 잤다.

벌써 한낮이 다 되어 간다고 흔들어 깨웠다. 어디 아픈 건지, 한복을 입고 자고 있는 나를 엄마는 걱정스런 얼굴로 들여다보았다. 늦은 아침을 먹고 심부름을 갔다. 속옷을 든든히 입고 한복을 입혀 주었다. 머리는 동글파마를 하고 때때옷을 입은 4살의 아가였다.

"조롱 박씨 집의 아가가 심부름을 왔네!" 하면서 빨간 돈주머니 속에 사탕을 한 움큼 넣어 주었다. 큰집은 큰 박가네 집이고, 우리는 작은 집이어서 조롱 박가네 집이라고 불렀다. 이 동네에서 할아버지 대부터 살았다. 동네 한 바퀴를 다 돌아도 내가 어디에 사는지, 누구 집 지식인지를 모두가 알았다.

심부름을 하고 돌아오는 길에 자주 놀러 가는 집에 들어가 보았다. 그 집에서도 반겨 주었다. 마침 잘 왔다면서 내 손가락만 한 호미를 주었다. 그 집 아저씨는 철공소에 다녔다. 설날 선물이라고 하면서 봄이 오면 나물을 캐러 다니라고 했다.

딸만 여섯 명인 맏이로 자란 엄마는 한복도 잘 만들고, 집안 살림살이를 잘했다. 내 눈에 비친 엄마의 손은 늘 마술을 부리는 것 같았다.

엄마를 닮으면 일이 많고 살아가기가 힘들다고 걱정을 했다. 나는 아무것도 하지 않았다. 어린 마음에 아무것도 하지 않으면 좋은 일만 생기는 줄 알았다. 그래서 잘하는 것이 없었다. 무엇이든지, 늘 생각으로만 끝냈다. 내 생각 속은 아무도 들여다볼 수가 없었다.

한옥의 마당 한 귀퉁이에는 앵두나무가 있었다. 초여름에는 내가 입고 있는 한복 색깔하고 같은 빨간 앵두가 많이도 열렸다. 설을 앞두고 눈이 와서 앵두나무는 흰 봉우리가 되었다. 흰 눈 속에서 새빨간 앵두가 보였다. 정신없이 앵두를 들여다보고 있을 때는 아무런 소리도 들리지 않았다.

주위를 둘러보았다. 앵두나무 밑도 아니고 흰 달력 속을 걷고 있지도 않았다. 한참 동안 혼이 빠져 있었다. 높이 걸려 있던 달력 속의 금박의 색깔이 선명했다. 앵두의 붉은색도 더욱 빛이 났다. 나는 생생하게 살아있는 깊은 충만감을 느꼈다.

궁중 복이 잔잔한 물결을 일으켰다. 내 옷도 바람에 흔들렸다. 문득 입고 있던 여름 원피스를 내려다보았다. 새로 산 옷이 아주 오래전부터 입었던 느낌이 들었다. 어릴 때 보았던 달력 속의 한복같이, 금박이 찍힌 옷이었다.

네 살 생각 속의 금박은, 지금 여기 달항아리 속의 금박으로 이어졌다. 내가 바라보고 있는 생각 속은 모두 아름다웠다.

봉 영 순

창작 노트

가을이 깊어
낙엽이 발밑을 지나간다
코로나 19로 힘든 시기
계획된 일들이 미뤄지고
이런 세상도 있네요
어수선한 주위를
멀리 강으로 날려 보낸다
찬 바람이 요란하게 분다
공원의 벤치
가을을 잡는다

가을로 가는 버스

거리의 물결 따라
빛 받으며 덜컹대며
그곳으로 떠난다
머릿속 뒹구는 하루를 등에 지고
붉게 타는 가로수 밑
아스팔트를 미끄러져 간다

보도블록 위로 쌓이던 낮의 흔적들
느슨하게 스치며
지면에 구겨진 내 그림자
붉은 물결 타고 출렁이며 간다

길게 뻗은 대나무 숲길
환하게 불 밝힌 노란 소국의 향연
뽀얀 얼굴을 내미는 구름의 여유
밝은 햇살이 거리에 빛난다

거리에 바람이 심심이 다녀가고

발밑에 뒹구는 나뭇잎
제각각 허공으로 흩어져
뜨겁게 그 속으로 깊게 물들고

어둠이 허무로 다가오면
버스는 가을 속으로
빨려 간다

모란

밤 깊고 깊어
고택 뜰 앞
가지마다
이슬 붉게 물든다

지난밤 꿈속
화려했던 빈자리
긴 한숨 붉게 타
연기되어
허공을 배회하고
핏빛으로
한땀 한땀 배어 나온다

담장 아래
떠나간 흔적들
뒤돌아보고
아쉬움에 뜰로 내려온다

뜰 안 햇살 위로
빨갛게 비밀 토해내고
고운 빛으로 물들어간다

이웃 언니

내게 물처럼 스며든다
검버섯이
짠하게 할 뿐
세월의 흔적에도
늘 입꼬리가 올라가고
화려했던 먼 기억
아직 살아 숨 쉬는데
왠지
먹먹하다

친구에게
자랑을 늘어놓자
궁금한
우리 친구

따뜻한 감자 부침개를
먹으며
각자의 옛 시절로

그녀와 이야기 하루 해가
넘어간다

강이 보이는 창가에서
햇살이 편하게 다녀가고
창밖 나뭇가지들 시원히
내려와
옆자리 합석하며
둘
이야기 듣는다

봄이 온다

따갑게 비치는 그 사이로
햇살이 길을 내주고
바람이 차갑게
되돌아본다

시샘하듯 뒷걸음치는
내 마음 흔들리고
둑길 따라 지나온 길
저만치 따라오고 있다
제비꽃
현호색
자운영
연한 홍자색 보랏빛 작은 꽃들
힘겹게 올라와 앉아
내 시선을 모으고
일색으로 발길을 놓아주지 않는다
오래도록 그곳에서
제비꽃 똑똑 따던 그곳을

돌아본다

둑 아래 물은 연신 겨울을
졸졸 걷어내고 있다
숨소리 여기저기
맑은 물이 길을 찾아 흐른다
주체할 수 없는 봄이 흐른다
떨어진 하얀 벚꽃은
무리 지어
물길 속으로 곤두박질하고
어디론가 돌돌 흐른다

두 마리 청둥오리 물가에서
갸우뚱 서성이다
하늘을 바라보며
하얀 물감을 칠한다

저녁 바람

바람이 분다
뒷모습이 저 멀리 가고 있다
이유 없이 파고드는 서늘한

사방으로 흩어지는
조각들을 줍고 또 줍고
안개 속을 헤맨다

겨울이 오려는지
가슴이 차다
차가운 회색빛 도시를 쓸고
점점 얼어붙어
두 발은 어디로 갈지
멈춰 서 있다

꽁꽁 묶이는 길목으로
나를
겨울이 한발
저만치 와 있다

신 동 현

창작 노트

코로나 가을 편지

올 코로나 이 가을엔
더 건강과 웃음으로
더 배려와 나눔으로
더 사랑과 행복으로
더 인내와 배움으로
가득히 채워 주소서

올 코로나 이 가을엔
그럼에도 불구하고
감사하게 하시오소서

예쁜 삼월

창문을 여니 상큼한 내음
코끝 예쁨으로 삼키고

숲속 거무튀튀한 나뭇가지
파란 살 파릇파릇 예뻐 피어오르고

겨우내 꽁꽁 단단한 대지
수줍듯 비집고 머리 내미는 예쁜 생명

산비탈 개울가 노랑나무 진분홍나무
꽃 망울망울 곱게 피어오르는

예쁜 색깔 물들여가는 삼월
행복 가득 예쁨 가득

가족사진 찍는 날

오늘은 가족사진 찍는 날
하늘은 회색빛
꽃잎 흩날리듯 하얀 눈
귓불 차갑게 매만지네

오늘은 가족사진 찍는 날
너를 내 곁에서 떠나보내던 날
그날도 그랬었지
참으로 나는 내가 말할 수 없이 미웠고
참으로 네게 말할 수 없이 미안했다

오늘은 가족사진 찍는 날
너와 함께한 10년
네가 있어 행복했다

오늘은 가족사진 찍는 날
너는 사진사 되어
아빠 찍고 엄마 찍고 누나 찍고

자형 찍고 조카 딸 아들 찍고
우리 가족 모두를 찍는다
"자! 웃으세요" 네 말에
우리 가족 함께 웃는다

오늘은 네가 사진사 되어 찍은
네가 빠진 가족사진을 거실에 건다
너는 오늘 우리를 환하게 웃게 한다

아들아 사랑한다
"아빠 사랑합니다
이제 그렇게 웃으세요"

오병이어五餠二漁

갈릴리 호숫가의 날 저문 빈 들에서
온종일 복음 듣다 굶주린 뭇 영혼들
너희가 먹이라 하신 예수님의 말씀에

양식 찾는 한 제자 어린아이 손에서
보리떡 다섯 개와 물고기 두 마리를
예수님 감사의 축사 드리시고 나누사

그 손으로 그 몸 떼어 오천 명 먹이시고
그 손으로 그 살 뜯어 오천 명 먹이시어
말씀에 목말라 주린 육신들을 살리고

그 몸과 그 살 먹은 영혼들 마음 다해
하늘 향해 그 저녁 놀라우신 능력으로
아직도 열두 광주리 남아 있음 노래해

■ 수필

강촌 구곡폭포

　시립성동노인복지관에서 2017년 5월 31일(수) 오전 9시부터 오후 6시까지 춘천지역 역사 문화 탐사 기회를 가졌다. 남녀 12명이 문예창작 선생님의 인도를 받으며 복지관 대형버스를 이용하여 난생처음 역사 문화 탐사 여행을 떠났다. 특히 감사하기는 7월 2학기부터 수강하기로 하여 수강생이 아니었는데도 받아주어 같이 동행하게 해준 지도 선생님과 수강생 여러분께 무한 감사드리며 이 글을 올린다.

　9시 정각 우리를 태운 버스가 출발하여 신설 중인 암사대교를 지나 경춘고속도로에 들어서면서 나는 지도 선생님과 회원들에게 나를 소개하는 시간을 가지고 서로 인사를 나누고 정담을 나누며 차창 밖을 내다보니 어느덧 신록은 녹음으로 변하여 푸름을 자랑하고 한강 물은 가뭄에 말라 들고 있었다. 한 시간이 채 안 되어 첫 목적지인 강촌 구곡폭포에 도착하였다.

　구곡폭포의 알림판에 보면 춘천시 남산면 강촌1리 봉화산 기슭에 있는 구구리 폭포라고도 하며 물길이 아홉 굽이를 돌아 떨어지는 폭포라 붙여진 이름이다. 구한말 이 지역 태생 춘천 의병장 습재 이재용 선생은 숨어 살기 좋은 골로 표현하여 〈문폭유거〉라는 시와 《습재 문집》을 남겼는데 아직 그 시와 문집을 나로서는 찾을 수가 없었다. 아홉 굽이를 거쳐 떨어지는 50m의 웅장한 물줄기가 장관이라고 한다. 우린 아쉽게도 가뭄으로 계곡물이 말라붙어 물 한 방울 볼 수 없었고 하늘바위라는 직사각형 모양의 높게 솟은 거대한 절벽인 암벽만 바라보고 돌아설 수밖에 없었다. 매표소에서 폭포수까지 860m의 신책로가 나 있다. 길 오른쪽의 계곡은 평상시는 졸졸 흐르는 물소리를 아름다운 음악으로 들으며 힐링하는 코스로, 주변 경관이 아름다운 소나무 황토 숲길로 연인과의 추억을 쌓을 수 있는 산책하기 딱 좋은 곳이다. 군데군데 쌓은 돌탑과 그 위에 먹이를 물고 있는 작은 새 한 마리와 솟대가 반기며 다람쥐가 깜짝 등장하여 작은 눈 크게 뜨게 하여 반긴다.

구곡폭포 가는 길 초입에 구곡폭포의 "구곡혼을 담아 가세요"라는 알림판이 있다. "봉화산이 품고 있는 생명수가 아홉 골짜기를 흘러내리고, 선녀의 날개옷처럼 하늘거리는 아홉 줄기의 사뿐한 물 내림, 그 조화로운 물소리가 아름답고 단아한 폭포입니다"라고 쓰여 있다. 매표소에서 폭포에 이르는 황토 소나무 숲과 골짜기 물을 벗 삼아 걷는 오솔길 양쪽에 쌍기역으로 시작되는 아홉 글자 꿈(dream), 끼(ability), 꾀(wisdom), 깡(heart), 꾼(professional), 끈(net working), 꼴(shape), 깔(color), 끝(as end)라는 구곡혼을 담았다는 알림 표시 팻말이 꽂혀 있다. 첫 번째 꿈은 희망의 생명, 두 번째 끼는 재능의 발견, 세 번째 꾀는 지혜를 쌓음, 네 번째 깡은 용기 있는 마음, 다섯 번째 꾼은 전문가의 숙달, 여섯 번째 끈은 인맥의 연결 고리, 일곱 번째 꼴은 형상의 됨됨이, 여덟 번째 깔은 맵시와 솜씨의 곱고 산뜻함, 아홉 번째 끝은 아름다운 마무리 곧 다 내려놓음, 이라고 쓰인 아홉 글자와 그 뜻의 의미를 짤막하게 부연해 놓았다. 구곡혼의 뜻은 내 생각에는 아마도 꿈을 품은 생명으로 태어나 재능과 지혜로운 마음에 용기를 가지고 일에 도전하여 그 일에 전문가가 되어, 여러 인간관계 속에 저마다 주어진 여러 형태의 꿈을 이루어 아름답게 가꾸다가 마지막에 다 내려놓고 생명을 아름답게 마무리하라는 뜻인 듯하다.

20여 분을 걸으면 두 갈래 길이 나타나는데 왼쪽 나무계단 길 150미터를 숨 가쁘게 더 오르면 구곡폭포가 눈앞에 보인다. 여름에는 시원한 물줄기와 떨어지는 폭포수 소리가 더위를 식혀주고 겨울에는 폭포수가 빙벽이 되어 빙벽타기에 안성맞춤이어서 겨울 등반 빙벽타기를 즐기는 애호가들이 즐겨 찾는 곳이라 관광객이 끊이지 않는다. 오른쪽 옆 등산로를 따라 20분 정도 깔딱고개를 넘으면 자연 산골 부락인 문배마을이 있다. 그곳은 험한 산꼭대기의 몇 채 안 되는 산골 마을이라 육이오 전쟁에도 피해를 입지 않았다고 한다. 문배마을은 산채비빔밥과 토속주가 유명하다. 우리 일행은 여자들과 나이들이 많아서 무리하여 탐사하기에는 시간이 넉넉하지 않아 포기하고 나니 아쉬움으로 남았다.

나의 시조 장절공 신숭겸

　나의 시조 능산이 신申 자 성姓씨와 숭겸이라는 이름으로 온전한 성씨와 이름을 갖게 된 유래는 이렇다. 태봉국 궁예의 폭정을 견디다 못한 신숭겸, 홍유, 배현경, 복지겸, 4기장이 918년 궁예에 반역하여 태봉국 2인자 시중 왕건을 새로운 왕으로 세워 국호도 고려로 바꾸고 고려국 태조가 되고 심숭겸과 4기장은 고려국 개국 공신이 되었다. 후백제 견훤과 싸움이 있기 전의 어느 날 개경으로부터 북쪽 평양을 관찰하기 위해 북으로 향해 가다가 황해도 평산을 지날 때 하늘에 기러기 떼 나는 것 보고 활 솜씨가 대단한 능선에게 왕건은 네가 하늘에 나는 저 기러기를 맞힐 수 있느냐 물었다. 능산은 몇 번째 나는 기러기 어디를 맞힐까요 다시 물었다. 왕건은 세 번째 왼쪽 날개를 맞히라 명하자 능산의 기러기를 향해 활시위를 떠난 화살은 정확히 세 번째 왼쪽 날개를 맞히게 된다. 활 솜씨에 경탄한 왕건은 세 번째 기러기가 떨어진 사방의 평산 땅을 능산에게 하사하고 그곳 평산을 본으로 삼아 신申이란 성姓씨와 숭겸이라는 이름을 하사받아 능산이 숭겸으로 바뀌고 평산 신申 씨 시조가 되었으며 나는 35대손이다.

　나의 시조 신숭겸의 유적지는 대구 팔공산을 중심하여 있고 묘역墓域은 춘천에 있다. 강원도 기념물 제21호(1976년 6월 17일 지정)로 위치는 춘천시 서면 방동리 861-1에 자리하고 있다.

묘역 앞에 위치한 영정각인 장절사와 전신 동상 신도 비각 기념관 재실이 있다. 동상에는 "고려대사장절공신숭겸장군상" 묘비에는 "고려대사장절공신숭겸장군지묘"라고 각인되어 있다. 사당인 장절사에 영정이 있고 1805년(순조5년) 건립된 신도 비각이 있다. 그 안에 신도비가 세워졌고 비문은 영안부원군 김조순이 지었으며 이조삼절(문·서·화) 자하 신위가 썼다. 그 외에 묘역에는 4동의 재실과 최근 건립된 기념관이 있고 묘에는 묘비가 세워져 있다. 비문에는 장군 묘의 위치와 봉분 셋을 하게 된 유래와 장군의 일대기가 2051글자로 빽빽이 기록된 강원도 무형 문화재 155호이다.

묘역은 크고 넓어 묘지까지는 200m의 평평한 너른 잔디 위를 걸어 올라가야 한다. 3,800여 그루의 금강송 숲에 둘러싸인 묘역은 우리나라 4대 명당지로 꼽히는 곳이라고 하며 이곳은 원래 옥룡자 도선국사가 왕건이 자신의 묘실로 준비한 곳이라고 하는데 묘소에 올라 앞을 내려다보면 좌청룡 장군봉 우백호 마산 사이에 앞이 확 트여 멀리 춘천 시가지와 북한강 물굽이를 내려다볼 수 있는, 문외한인 내가 볼 때에도 믿지는 않지만 명당자리인 것 같다. 봉분은 특이하게 셋이 나란히 있는데 이유인즉슨 머리가 없는 시신으로 왕건이 금으로 머리를 만들어 같이 장사하였기에 도굴방지를 위하여 1기 3봉의 특이한 묘역을 조성하였다.

나의 평산 신 씨 시조 신숭겸은 《여지승람》에는 전라도 곡성 출생이나, 고려사에는 광해주(춘천) 출생으로 기록되어 있다. 전라도 곡성에서 태어나 광해주에서 활동한 것으로 보인다. 앞에서 전함 같이 918년 태봉의 기장으로 배현경, 홍유, 복지겸과 협력하여 폭정을 일삼는 궁예를 폐하고 왕건을 추대하여 고려 개국의 대업을 이루었다. 927년(태조10년) 대구 공산에서 팔 공신 신숭겸, 김락, 김철, 전이갑, 전이갑 형제와 사촌 전락, 손원보, 손행보가 견훤의 군대에 포위되어 위험에 처한 왕건을 구하기 위해 왕의 옷으로 바꿔 입은 신숭겸 장군이 견훤과 싸우는 사이 왕건이 구명도생苟命徒生하여 사지를 벗어났으나 장군은 적지에서 후백제군과 싸우다 장렬히 전사하였다. 견훤은 장군을 왕건인 줄 알고 목은 잘라 두고 몸만 보내어 머리는 없으니 왕건은 이를 가상히 여겨 황금으로 머리를 만들어 후히 장례를 지내게 하고 도굴을 염려하여 똑같은 봉분 세 개를 만들어 훗날의 화를 면하게 하였다. 왕건 생명의 은인이 된 장절공은 후세의 충절의 사표가 되었다. 공산이 팔공신의 죽음을 기려 팔공산이 되었다.

1120년(예종15년) 예종은 신숭겸과 김락을 추모하여 〈도이장가悼二將歌〉인 향가를 지었고 그 내용은 "主乙乎白乎 心聞際天乙及昆 魂是去 賜矣中 鳴賜敎職麻又欲 望彌阿里刺 及彼可二功臣良 久乃直隱 跡鳥隱 現乎賜丁" 오늘의 말로 풀이하면 "임금을 구해내신 마음은 하늘 끝까지 미치매 넋은 갔지만 내려주신 벼슬이야 또 대단했구나 바라다 보면 알 것이다 그때의 두 공신이여 이미 오래되었으나 그 자취는 지금 나타났도다"라는 내용이다. 나의 시조 신숭겸 충절의 사표가 됨을 자부심 갖는다.

나라 사랑 상록수 최용신

최용신은 소설 〈상록수〉 속에서 채영신으로 활동하며 살다가 소설 속에서 나와 그의 삶이 세상에 감동으로 꽃을 피웠다. 그리고 오늘 상록수로 살아 있다. 최용신은 샘골마을[泉谷]을 중심으로 온몸을 다 바쳐 사랑과 헌신으로 계몽 활동을 하다가 과로가 병이 되어 26세를 일기로 요절한 선구자이며 농촌운동가이자 시민운동가이며 독립투사였다. 그의 짧은 생애 동안 농촌과 농민을 위한 농촌 계몽운동은 그 후로 농촌 운동의 귀감이 되었다.

최용신은 함경남도 덕원에서 아버지 최창희와 어머니 김 씨 사이에서 1909년 8월 12일 2남 3녀의 넷째로 태어나 독실한 기독교 신앙을 가진 집안으로 조부는 사립학교를 설립하여 교육 사업으로 선진 교육에 앞장섰으며, 부친은 1920년 미 의원 한국 방문단에 한국의 독립 의지를 전달하다 체포되어 옥고를 치렀으며 1927년에는 신간회 덕원지회 부회장으로 활동한 독립운동가로, 최용신은 가정에서부터 기독교 신앙, 교육가 정신, 나라 사랑하는 투철한 민족정신을 자연스럽게 보고 자랐다. 식민지 수탈에 의한 농촌 사회 부흥을 위해 짧은 생애를 농촌 계몽운동과 여성해방 운동, 시민사회 개혁 운동으로 몸 바친 투철한 독립운동가였다. 1928년 함경남도 원산의 기독교 학교 누씨여고보

樓氏女高普를 졸업하고 서울의 협성여자신학교 재학시절 철저한 민족주의 신학 교육을 스승인 황애덕으로부터 받아 농촌과 농민을 위해 몸 바치기로 결심한 뜻을 그때부터 펼치기 시작하여 "조국의 미래 농촌에 있고 민족의 희망 농민에 있다"고 갈파喝破하며 농촌 계몽운동에 매진하여 1929년 조선여자기독청년회연합회 Y.W.C.A.(Young Women's Christian Association) 총회에 협성학생기독청년회 대표로 농촌 계몽 사업에 본격적으로 참여하여 나라 사랑하는 민족주의 씨를 뿌리는 농촌 계몽 활동으로 문맹과 가난 퇴치뿐만 아니라 식민지 나라의 독립을 준비하는 모임에 최용신은 함께 참여하여 같은 해 1929년 조선남녀학생기독청년회 하령회夏靈會 준비와 회장협의회 개최를 위한 회의에 최용신은 협성여자신학교 대표로 참석하여 윤치호, 신흥우, 김환란, 장이욱, 최현배, 조만식, 최용순의 고모 최직순 등 39명과 함께 활동하였음을 보면 최용신은 여성 지도자로서의 면모를 아낌없이 보여준 독립운동가였다. 최용신은 같은 해 황해도 수안과 경상북도 포항에 Y.W.C.A 파견교사로 그 당시 화성군 반월면 샘골마을(泉谷, 지금의 안산시 본오동 일대)로 파송된다.

이때부터 최용신은 샘골 예배당을 빌려 강습소 학습을 시작하여 한글, 산술, 노래, 성경학습으로 문맹 퇴치, 재봉, 수예로 기술보급, 가사로 생활 개선 등 자립심과 애국심을 기르는 학습 활동과 농촌 운동을 펼쳤다. 처음 시작할 때에는 시큰둥한 반응으로 비협조적이었으나 그녀는 포기하지 않고 틈나는 대로 논과 밭으로 농민들을 찾아나서 함께 땀 흘리며 동참하는 역동적인 헌신에 감동받은 농민들이 적극적인 참여로 학생 수가 많이 늘어났다. 강습소 학습장 예배당이 비좁아 새로운 강습소를 세우기 위하여 Y.W.C.A와 마을 유지들과 농민들의 석

극적인 협조로 1932년 5월 정식 인가를 받아 8월 천곡 강습소 건축 발기회를 조직하여 다음 해 1933년 1월 15일 준공하게 된다.

그녀는 식민지 핍박과 설움에서 해방되기 위하여 무지와 가난으로부터 벗어나야 한다고 부르짖으며 어린아이부터 나이든 어른에 이르기까지 "아는 것이 힘이다. 배워야 산다"고 외쳐 가르쳤고 예배당에서 새벽 종소리 따라 새벽기도 시간마다 이 몸은 다른 사람과 형제들을 위하여 일하며 일을 해도 의를 위해 일을 하고 죽어도 남을 위해 죽게 해달라고 기도했다.

그러나 새 강습소를 세운 지 1년 만에 보조해 주던 Y.W.C.A로부터 보조금이 끊기고 강습소 형편이 힘들고 어려워지자 백방으로 노력하던 중 과로가 병이 되어 꿈을 펼치다 이루지 못하고 1935년 1월 23일 26세의 파란 나이에 요절하게 된다.

그녀의 기도대로 의를 위하여 여성해방을 위한 여성운동가로 사회개혁을 위한 시민운동가로 농촌 부흥을 위한 계몽 활동과 투철한 애국 정신으로 독립운동에 적극적으로 활동하였고 보다 나은 농민들의 삶을 위한 남과 이웃을 위하여 죽기까지 사랑으로 헌신하다 젊고 젊은 나이로 생을 마감한다.

그의 애국애족의 숭고한 정신을 기리기 위해 샘골 강습소가 있던 자리에 상록수 공원을 조성하여 최용신 기념관이 세워져 있고 기념관 정면 오른쪽에는 샘골 강습소 준공 때의 주춧돌과 최용신이 기념 식수한 최용신 향나무가 푸르게 자라고 있다. 왼쪽 공원 하단에 정갈하게 조성된 묘에는 "잠자는 자 잠을 깨고 눈먼 자 눈을 떠라, 살길을 닦아 보세, 조국의 부흥은 농촌에 있고 민족의 발전은 농민에 있다"고 쓰인 추모비가 묘비와 함께 가지런히 세워져 있고 최용신이 타계한 후 얼마 동안 농촌 계몽운동을 계승한 고향에서부터 가깝게 지내오던 약혼자, 장로이며 교수가 된 김학준의 묘가 그 바른쪽에 자리하고 있으며 최용신이 처음 강습소를 시작했던 곳, 새벽마다 조국의 독립과 부흥을 위하고 남과 의를 위해 일하며 남을 위해 죽게 해 달라고 기도하며 섬기던 샘골 감리교회가 최용신 기념관 오른쪽 언덕 아래 자리하고 있다. 오후의 십자가 탑은 뜨거운 햇살을 받아 최용신의 숭고한 정신, 상록수 푸른빛으로 빛나고 있었다.

이 노 나

창작 노트

되돌릴 수 없는 어제이므로
지금, 여기를 쌓아 내일을 만듭니다

도반이 있어 지치지 않고 걷습니다

더 이상 얘기하지 않지만
여전히 우리는 친구로 지낸다

겨울이었다
우리는 되도록 무난하기로 했다
너무 쉽게 어두워지는 난간에서 우리는
서로의 손가락 끝을 비볐다
꽃이 피었다
아주 붉고 뜨거운 가짜여서 나는
너의 손가락이 없어지고 있는지 몰랐다
누구에게도 무의미한 행복이 부풀어 올랐다
어둠은 지치지도 않고 두꺼워졌다 그래서
너는 그만두자고 말하려는 것 같았다
신경 쓰지 말아요
모든 게 다 잘 될 거에요
거짓말이어서 기분이 조금 나아졌다
중력이 보다 빠르게 몸을 휘감고 달아났다
상징은 영원히 움직일 수 없게 되었다
모두의 즐거운 겨울이었고 문은 없었다

모든 날의 처음

저녁에 우리는 소주를 한 병 나눠 마시며 영화를 보는 날들이 있었다 아침에 꿈을 꾸었어 저녁까지 살아남는 이야기를 해야지 우리는 입을 맞추었다 이야기는 이야기를 낳고 이야기를 낳으며 이야기를 낳았고 이야기는 이야기로 끝날 거야 그래도 나는 저녁까지 살아남는 이야기를 해야겠어 나는 소주의 마지막 모금을 마시면서 등 뒤에서 바스락 울리는 외면은 우리의 것이 아니라고 생각했다 *개가 아직 자동차에 깔려 있어요 너희들을 위해 새로운 개를 사 왔어 이름은 스파크플러그* 나는 웃지 않았다 우리의 꿈은 이미 저녁까지 살아남은 이야기 끝나기 전에 너는 조용히 잠이 들었다 *내일 자살할 거야* 나는 노트북의 전원을 끄고 형광등을 켜둔 채로 너의 곁에서 잠이 들었다 아침까지 살아남는 이야기에 대한 꿈을 꾸었다 다시 모든 날이 처음부터 시작되었다

오래 걸어 아픈 것은

덜커덕 소리를 내며 따라오는 것이 있었다 봄인가 했는데 여름이
기도 했고 겨울이었다 어떤 계절인지 알려주는 사람이 없어서 코트
를 입고 반바지에 샌들을 신었다 오래 걸어 발뒤꿈치가 아팠다 골목
을 따라 주인 잃은 개들이 이리저리 몰려다녔고 미로처럼 비가 쏟아
졌고 흩어지는 것은 아름다움을 가장한 침묵이었다 더얼커어더억
소오리르르 내며 따라오는 것이 있었다 오래 쓰지 않아 두꺼워진 혀
는 모호하게 페이지를 펼쳤다 미끄러지는 것과 기다리는 것과 지워
지는 것과 반짝이는 것과 괜찮은 것과 무시하는 것과 추락하는 것
과 목격하는 것들은 일제히 같은 방향을 가리키는 괄호였다 연인들
은 서로의 거울에 비친 자신의 얼굴을 오래오래 들여다보다가 모르
는 사이 꽃으로 피었다 어느 계절이어도 무성해지는 것들이 있어 다
정했다 반짝이는 것들은 눈을 감아도 흔적을 남겼다 오래 걸어 아픈
것은 시간들이었다

기억해

봄이었어요 아침저녁 명치 끝이 얼어붙는 바람이 불었지만 봄이 된 것 같은 낮이었어요 옆집 아저씨가 화단 구석의 흙을 꽝꽝 파더니 무엇인가 묻었어요 나는 창문틀에 두 팔을 올리고 아저씨를 쳐다보았죠 아저씨는 땀도 흘리지 않고 나를 알아채지도 않고 두툼하게 올린 흙더미만 내려다보았어요 아저씨가 집에 들어가면 저 흙을 다 파내고 무엇을 묻었는지 확인해 봐야지 생각하다가 깜빡 잠이 들었는데 밤이었어요 비가 내려서 나는 낮에 했던 생각을 잊어먹고 말았어요 새가 한참 놀다 갔어요 꽃잎이 살짝살짝 부서졌구요 나의 창문틀에도 많은 것들이 올라갔다가 숨었어요 비가 몇 번 더 왔고 그날은 내가 제일 아끼던 찻잔을 올려놓은 채 옆집을 쳐다보고 있었죠 화단 앞에 아저씨가 서 있었어요 아저씨의 두 다리 사이로 무언가 흔들렸어요 내 찻잔에서 피어오른 뜨거운 김은 아니에요 아주 아주 오래 전 아저씨의 싹이 자라났어요 그것은 초록색 손을 가졌군요 나는 기쁜 마음이 들었지만 아저씨한테 얘기하지는 않았어요 아저씨가 집에 들어가면 아저씨 몰래 아저씨의 초록 손가락에다가 알록달록 예쁜 구슬 목걸이를 걸어 줘야지 생각하다가 컵이 쨍그랑 소리를 냈어요 모든 것의 총계는 어떻게 같아지는 것이죠?

일상

작은 아이가 걸어간다 맨발이다 허벅지에서 태어난 아이들은 그렇게 될 운명이지만 닥치지 않은 것에 대해 가늠하지 않는 얼굴 무섭지 않은 걸음이다 습자지처럼 얇게 저민 허벅지 위로 붉은 장미가 피어난다 아이들은 손아귀 힘이 충분해질 때부터 무엇이든 얇게 저민다 시간을 저미고 감정을 저미고 의견을 저미고 사람을 저민다 저미는 일이 익숙해질 때 저며진 것들은 투명에 가깝다 여지없이 들여다보이는 안을 가지게 된다 성숙한 저밈은 스스로 모여 작은 꽃잎이다 케케묵은 노을처럼 바스러지는 것들을 떼어내며 오래된 순서로 썩어간다 매번 얇아지는 허벅지 위로 수북이 쌓이는 꽃잎들은 지지 않고 흔들리지 않고 절망한다 작은 아이가 걸어간다 용의주도하게 구축된 조화 속에 걸음은 비로소 완성된다

이 승 현

창작 노트

물 한 모금 안 나는 사막
물 한 모금 마실 수 없는 바다
사막의 바다를 건너……

난,
오늘도
생명의 꽃을 찾으러
떠난다

은영이

아침 일찍 감자 껍질을 벗겨 깍둑썰기하여 냄비에 찐다. 아스파라거스를 동강동강 썬다. 팬에 버터를 두르고 양파를 볶은 뒤 익힌 감자와 아스파라거스를 넣고 우유를 붓는다. 잠시 큰아이 학부모 모임 갈 시간을 어떻게 낼지 고민해 본다. 우유가 서서히 끓어 오르면 블렌더를 꺼내 갈아 준다. 불을 줄이고 천천히 저어가며 뭉근하게 수프를 끓인다. 커피 원두를 그라인더에 분쇄한 뒤 머신에다 커피를 내리고 토스터기에 빵을 굽는다. 감자 수프와 빵과 커피와 과일을 식탁에 놓은 다음 남편과 아이들을 식탁에 부른다. 남편은 회사로 아이들은 학교로 보내고 설거지와 집안을 정리한 뒤 부지런히 출근 준비를 한다. 오전에는 신입 교사를 교육시켜야 하고 오후에는 센터에서도 수업을 하기도 하고 모둠이 짜여진 집에 직접 방문해서 수업을 하기도 한다. 저학년 아이들은 책을 읽고 토론하고 논제에 맞추어 장르별 글쓰기 수업을 하고 고학년은 논제에 따라 논술 수업을 한다.

수민이는 어제 한 아이에게 전화를 받은 사건을 어떻게 처리해야 할지 고민 중이다. 초등학교 3학년 아이들 7명이 모둠 수업을 하기 위해서 한 친구 집에 모이는데 미리 가서 놀던 아이 중에 한 아이가 그 집 아이가 가지고 있던 머리핀을 슬쩍 자기 필통에 넣어서 집에 가지고 갔다. 아이의 목소리는 다급하고 끝이 말려 들어갔다.

"선생님 저 어떡해요."

"왜? 무슨 일 있어. 누구랑 싸웠어?"

"그게 아니고요. 지난주에 민시네 집에 가서 수입할 때 머리핀을……."

"머리핀을 왜? 두고 왔어?"

"아니요. 머리핀을……."

"그럼 뭐! 설마 너 가져왔니?"

"……."

"누가 봤어? 엄마한테 이야기했니? 친구한테는……."

"아니요. 아무도 몰라요. 저 어떡하면 좋아요. 흑. 흑. 흑……. 정말 제가 왜 그랬는지 모르겠어요."

그 머리핀은 민서 할머니가 하와이 여행을 다녀오면서 손녀딸에게 여행 선물로 준 것이었다. 다섯 갈래의 하얀 꽃잎이 펼쳐진 큼직하고 화려한 열대꽃이다. 가운데는 연한 노란빛을 띠고 중앙에는 주황색 구슬이 박혀 있었다. 주황색 구슬은 보석처럼 박혀 있어서 빛이나 조명을 받으면 반짝반짝 빛이 났다. 머리카락을 많이 집어서 머리를 정리하는 것보다는 긴 머리를 깔끔하게 빗어서 풀거나 혹은 묶은 뒤에 포인트로 머리 위에 가볍게 얹어 주면 열대의 화려한 꽃처럼 화사하게 피어나 이국적인 분위기를 만들게 해주는 핀이었다.

핀을 훔친 아이는 조금 일찍 가서 그 핀을 보았고 보는 순간 너무 갖고 싶었나 보다. 수업시간 내내 핀을 갖고 싶다는 생각을 하다가 끝나고 집으로 돌아오는 순간 아이들이 책을 넣고 간식을 먹으며 부산할 때 충동적으로 자신의 가방에다 슬쩍 넣었나 보다. 그리고 나서는 고민을 하다가 어떻게 하면 좋겠냐고 정말 잘못했다고 가방에 어떻게 넣었는지도 모르겠고 집에 와 보니 가방 속에 있었다며 울었다. 평소에 도벽이 있거나 예의에 어긋나거나 친구들과 싸우는 일도 없는 착한 아이였다. 아이돌 가수에 관심이 많고 게임도 좋아하고 친구들과 생일 때가 되면 노래방에 가서 신나게 노래도 부르고 주말에는 파자마 파티도 하면서 친구들과 잘 어울리는 밝은 아이였다. 운동도 악기도 즐기는 아이로 항상 건강함이 넘치는 아이였다. 까만 단발머리에 하얀 피부를 가진 아이로 그 핀이 어울릴 만한 아이였다.

난 어렸을 때부터 외모에 관심이 그렇게 많지도 않았고 치마보다는 바지를 즐겨 입었었다. 여자답고 예뻐 보이기 위해서 불편하기를 감수하기보다는 편하고 남의 눈에 띄지 않는 것이 좋았다. 외모를 빛나게 하려고 치렁치렁 걸리적거리게 겉치레하는 것은 귀찮았다. 살아보니 그것이 썩 잘한 일은 아니라고 깨닫긴 했지만 쉽게 바뀌진 않았다. 치장하는 것에 욕심이 없어서인지 그 머리핀이 훔칠 정도로 그토록 갖고 싶어했던 아이의 마음을 이해할 수 없었다. 그것도 먹을 거나 꼭 없어서 안 되는 것도 아닌, 있어도 없어도 나에게는 별반 차이를 못 느끼는 그것이 그렇게도 취하고 싶었을까? 하는 의구심이 들었다. 예전에 어떤 연예인은 먹고 살기도 힘들면서도 어렵게 친척에게 구한 돈으로 쌀을 산 것이 아니라 비싼 파마를 했다는 이야기를 듣고 어떤 남자는 미쳤다고 욕을 했지만 그래도 그렇게 외모에 관심을 가졌으니까 나중에 그렇게 유명한 배우가 되었나 하고 막연히 생각했던 적은 있었다.

하지만 막상 나랑 직접 관계된 일에서는 여전히 이해하기 힘든 일이다. 그렇지만 일은 벌어졌고 어떻게 할지 고민을 하다 그래도 자신이 양심에 가책을 느껴 울면서 전화하는 모습에 일을 크게 만들기보다는 아이와 내 선에서 다시는 안 그러겠다는 다짐을 받고 둘만이 처리하는 방향으로 가닥을 잡았다. 아이와 미리 만나서 머리핀을 받은 뒤 내가 그 집에 살짝 놓아두고 오는 것으로 이야기했다. 다시는 이런 일이 없도록 다짐을 받고 처음이니까 용서해 준다는 것으로 해결을 보기로 했다. 아이들을 가르치면서 아이들의 문제가 심각하다고 생각하고 어른들끼리 걱정하고 의논해도 해결책이 안 나올 때가 많았다. 하지만 심각한 문제도 시간이 지나면 아이들은 스스로 잘 해결해 나갔다. 어른들이 해야 할 일은 방향은 잡아주되 아이를 믿고 기다리는 것이 최선이 아닌가 하는 생각을 많이 하게 된다. 섣불리 고치려 하다가는 낭패를 보는 일이 많았다. 이번 일도 잘 지나갈 거라 생각하며 그 아이를 위한 기도를 한다.

　며칠 전에 친정에 갔다가 은영이의 자살 소식을 들었다. 은영이의 소식은 동네 아줌마들끼리 만나서 이야기하다가 엄마가 듣고 오고, 엄마는 간혹가다 나에게 툭툭 무심하게 던지는 식으로 지나가면서 이야기를 했다. 은영이는 내가 잠깐 고등학교 때 알던 친구였다. 그 소식을 듣고 고등학교 때 있었던 일이 생각났다. 내가 다니던 고등학교에 은영이는 전학을 왔다. 머리를 양 갈래로 땋아서 가지런히 묶고 하얀 얼굴에 주근깨가 약간 있고 얌전하게 생긴 아이였다. 교복의 하얀 칼라가 반듯하고 대부분의 아이들은 검은색 타이즈를 신었는데 그 아이는 치마도 짧고 검은색 하이삭스를 신고 우리와는 다른 성숙한 이미지가 풍기는 아이였다. 하지만 전체적으로 얼굴이 우울하고 눈은 먼 곳을 응시하고 새로 전학 와서 호기심 어린 눈으로 탐색하기보다는 무심한 눈빛으로 니희들은 관심 없다는 듯한 태도였다. 아이들은 이 아이에 대해서 관심이 많았으나 그 아이는 우리랑 어울리려고 노력도 하지 않았고 도통 말을 하지 않는 아이였다. 말도 많고 항상 아이들과 잘 어울리고 순진하고 어리숙한 나로서는 그 아이가 신기하기도 하고 묘하게 나와 다른 점에서 끌리는 매력이 있었다. 그렇다고 내가 먼저 적극적으로 다가가고 싶지는 않았다. 그 아이는 오히려 혼자 있는 것을 즐기는 아이 같았다. 그때나 지금이나 오는 사람 안 막고 가는 사람 안 잡는 쿨한 나로서는 맘만 먹으면 좋아하게 만들 수 있을 거라는 생각이 들었다. 그렇다고 맘 먹을 정도로 좋아하게 만들고 싶은 맘은 안 드는 그러나 관심은 가는 그 정도의 아이였다.

우리에게는 키는 작지만 운동을 해서 몸을 단련시켜 아주 단단해 보이고 성격도 괴팍한 국어 선생님이 있었다. 보통 국어 선생님 하면 얼굴이 하얗고 몸이 마르고 시집 하나 한쪽 가슴에 끼고 천천히 교정을 산책하는 이미지가 어울릴 것 같은데 그런 이미지와는 상반되는 분위기를 가진 분이었다. 그 선생님은 우리가 감당하기엔 억지스러운 숙제를 내주었다. 한 단원마다 낱말 뜻을 몇백 개씩 찾아오라고 했다. 모든 글의 기초는 낱말에서 시작된다는 것이 선생님의 주장이었다. 우리는 다 알고 있는 낱말도, 참고서에 안 나오는 낱말도 작문 수준으로 뜻을 만들기도 했다. '엄마'하면 자식을 낳은 여자로서 아빠의 아내, '아빠'는 자식을 낳은 남자로서 엄마의 남편 이런 식으로 낱말의 뜻을 숫자를 맞추기 위해서 접속사, 의존명사까지 찾아갔다.

선생님은 여기서 끝나는 것이 아니라 누구 하나라도 숙제를 안 해오면 전체 기합을 주었다. 교실 벽면 앞에 옆에 뒤에 가서 자신의 책 그리고 소지품을 가방에 몽땅 넣고 그 가방을 번쩍 손에 들고 서 있는 벌이었다. 그날도 숙제를 안 해 온 아이가 있었고 예상대로라면 벌줄 것이 분명하다는 것을 안 우리는 벌설 것을 대비해서 옆 반에 책이나 무거운 소지품을 맡겨 놓았다. 그리고 가방에 부피감을 주기 위해 체육복을 돌돌 말아 넣거나 신주머니를 가방에 넣었다. 아니나 다를까 숙제를 안 해 온 아이를 일으켜 세우더니 뒤로 나가서 손을 들라 하였다. 나머지 학생들도 다 같이 가방을 들고 벌서고 있었다. 그런데 한 아이가 과장되게 힘들고 무겁다는 얼굴 표정을 지으면서 연기를 했다.

"뭐가 그렇게 무겁다고 엄살을 떨고 있어. 선생님은 말이야. 왕년에 복싱을 했고 웬만한 격투기 운동 종목은 다 해 봤어. 너희들 무에타이와 가라테라는 운동 알아. 복싱의 주먹과 무에타이의 킥과 가라테가 합치면 천하무적이 되는 거지."

선생님은 자신이 왕년에 복싱을 했고 군대에서는 운동을 잘해서 특별휴가를 받은 이야기를 장황하게 늘어놓으셨다.

"내가 말야. 젊었을 때 이 정도의 교탁의 높이보다 더 높은 곳도 제자리에서 뛰어서 넘을 수도 있었어."

교실 앞에 있는 교탁을 두드리며 자신이 젊었을 때는 제자리 뛰기로 이 정도의 높이는 거뜬히 넘었다고 자랑을 했다. 키가 작아서 다른 선생님에 비해서 교탁이 가슴보다 훨씬 위의 높이에 있었다. 우리의 연약함을 비웃으며 그 정도로 엄살떨지 말라고 했다.

갑자기 지난 시간에 있었던 체육 시간이 생각났다. 체육 선생님도 국어 선생님처럼 나이가 많으신 남자 선생님이다. 체육 시간에 한 손은 어깨에서 한 손은 허리에서 시작하여 등 뒤로 해서 서로 만날 정도로 몸이 유연해야 한다고 하면서 시범을 보여주려 하였다. 막상 선생님의 오른손과 왼손의 간격은 만나기엔 너무나 멀었고 선생님은 운동장 계단에 있는 삼난우산을 잡았고 그것으로도 간격이 만나지 않자 버튼을

눌러 우산을 길게 해서 잡았다. 웃으려 했지만 워낙 학교 훈육을 담당하시는 선생님이라 웃을 수가 없었다. 간간이 누군가 키득거리긴 했지만 선생님도 민망한지 웃는 아이를 벌하지 않고 그냥 넘어갔다. 국어 선생님도 한 번 교탁을 넘어보시지, 넘다가 교탁에 걸려서 넘어지는 모습을 상상하니 웃음이 나오려고 했다.

"이까짓 가방이 뭐가 그렇게 무겁다고 엄살이야. 검지손가락 하나로도 이 가방을 몇 시간이라도 들 수 있겠다."

선생님은 갑자기 가장 인상을 찡그리며 힘들어하는 아이의 가방을 검지손가락으로 힘주어 번쩍 치켜 드셨다. 그 순간 가방은 '붕' 날아올라 천장에 닿은 뒤 책상 위에 떨어졌다가 다시 의자 위에 비스듬히 안착했다. 그 모습이 웃기기도 했지만 우리는 모두 웃음을 참고 있었다. 선생님은 몇 아이들 가방을 열어보더니 아이들에게 속았다는 생각에 화가 나서인지 얼굴이 붉어지기 시작했다. 그 순간 내 가방 속에 들어 있던 실내화 하나가 '툭' 떨어지더니 쓰레기통 속에 '쏙' 들어갔다. 그러더니 같이 옆에서 벌서고 있던 은영이 가방 속에 들어 있던 실내화도 쓰레기통 속으로 '쏙' 들어가고 말았다. 그런데 지금도 이해할 수 없던 것이 갑자기 은영이와 나는 동시에 웃음이 빵 터졌다.

"이수민, 김은영 웃어? 둘 다 나와."

화가 난 선생님은 둘 다 나오라고 하는데 계속 웃음이 나왔다. 선생님은 커다랗고 항상 옆구리에 끼거나 손으로 들고 다니는 검은색 출석부로 머리통을 '툭', '툭' 치더니 그래도 웃자 큰소리가 날 정도로 세게 내리쳤다. 표지는 종이지만 두껍기가 장난 아니고 나무처럼 딱딱해서 충격이 장난이 아니었다. 머리가 땅하고 창피하고 눈물이 나오면서도 둘 다 웃음을 멈출 수가 없었다. 화가 난 선생님은 인정사정없이 은영이와 나의 머리를 번갈아 가면서 내리치기 시작했다. 정말 권투를 예전에는 잘하셨나 보다. 우리가 샌드백이 된 기분으로 엄청나게 두들겨 맞았으니까. 그런데도 웃음은 멈추질 않았다.

"아니 이것들이 선생 알기를 뭐로 알기에 그만! 밈추지 못해."

"큭! 큭! 큭! 꺼억! 끄윽!"

웃음을 억지로 참으려니 이상한 소리가 났다. 아파서 울면서도 웃음은 멈추지 않았다. 우리가 심각할 정도로 웃음을 멈추지 않자 이번에는 선생님도 놀랐는지 물으셨다.

"너네 어디 아프니?"

"아니요 큭! 큭! 큭! 딸꾹! 딸꾹!"

나중에 선생님은 화가 나다가 우리가 이해가 안 가는지 아니면 자신이 통제할 수 없는 상황이 무서운지 양호실에 가 있으라고 했다. 우리의 얼굴은 눈물, 콧물로 범벅이 되면서도 웃음은 계속 나오고 나중에는 딸꾹질이 계속 이어졌다. 우리 둘은 양호실에 가서 둘이 울다, 웃다를 번갈아 반복하다가 양호선생님이 주신 하얀 알약을 먹고 침대에 누워 잠이 들었다.

그 후로 은영이는 나에게 와서 말을 걸었고 우리 집에 놀러 오기도 하고 주말에는 우리 집에서 자고 가기도 했다. 나는 그 아이의 집에 한 번도 가본 적이 없었다. 은영이는 자기 식구에 대해서는 말을 하지 않았다. 가끔 오빠나 언니 이야기를 했는데 결혼을 해서 나이도 많았고 같이 살지도 않았다. 어렸을 때는 시골 별장에서 엄마와 둘이 살았다고 했다. 아버지에 대해서는 말을 하지 않았다. 어렸을 때 몇 번 보고 아버지는 한 번도 본 적이 없다고 했다. 나는 무엇 때문인지 모르겠지만 궁금하기도 하면서 물어보면 안 될 것 같았고 은영이가 말할 때까지 기다려야만 할 것 같았다.

학교 동산에 올라가서 은영이는 팝송을 가끔 부르고 가르쳐 주었다. 그중에서도 〈레몬트리〉라는 노래를 부르며 가르쳐 주었는데 곡조는 슬프지 않았지만 가사 내용은 이루어지지 않는 것에 대한 슬픔을 노래한 것 같았다. 그리고 은영이는 《데미안》이나 《이방인》, 《어린왕자》와 같은 소설을 읽곤 했다. 그때 당시 《어린왕자》를 읽고 다는 이해를 못 했지만 왕자와 여우 이야기에서 친구가 되기 위해서는 관찰을 하라고 했던 부분 나도 아마 은영이를 관찰만 하고 있었던 것 같다. 사막에서 본 수백 송이의 장미와 별에 있는 사랑하는 장미가 처음엔 생긴 게 똑같다고 같은 장미라고 생각했던 어린왕자처럼 은영이도 다른 친구와 별반 다르지 않다고 생각했다. 그러다 시간이 지나면 나에게 의미 있고 특별한 아이가 되겠지 하고 생각했던 것 같다. 그리고 그 당시에 유행하던 하이틴 소설을 많이 읽었다. 옆집 오빠와의 사랑, 선생님과의 사랑, 친척 오빠와의 이루어질 수 없는 사랑 이야기를 읽으며 서로 다음 이야기를 궁금해하며 말하지 말라고 내가 읽을 거라고 하며 바꿔 읽기도 했다.

우리 집은 옛날 한옥같이 생긴 집으로 부엌과 방 사이 벽에 조그만 미닫이창이 있었다. 부엌에서 라면을 끓여 미닫이창으로 김치와 라면을 서로 건네받으며 장난을 치다가 쏟기도 했다. 내 방은 다락방으로 은영이가 우리 집에 오면 다락방에서 같이 잘 놀았다. 다락방 창문을 열면 하늘이 보이고 옆집의 기와지붕과 굴뚝이 보였다. 비 오는 날 다락방에서 지붕에 떨어지는 빗방울을 보면 마음은 차분해지고 무언지 모르지만 막연히 슬퍼졌다. 둘이 밖을 내다보며 말없이 그냥 있었던 적도 많았다. 각자의 머릿속엔 무슨 생각을 했는지 모르지만 그때 보왔던 장면은 사진처럼 찍혀서 기억 속에 남아 있다. 그때의 빗방울 소리, 바람 소리, 날씨에 따른 냄새나 분위기도 사진 속의 배경처럼 같이 떠오른다. 그날도 날씨가 잔뜩 흐리더니 바람이 불면서 빗방울이 '후두둑, 후두둑' 듣기 시작했다. 우산 없이 밖에서 비를 맞이하는 것은 반가운 일은 아니지만 다락방에서 비가 내리기 시작하는 지붕을 바라보는 것은 꽤나 근사한 일이었다. 그때 지붕 위에 무언가가 팔랑거리고 있었다.

"수민아, 저기 지붕 위에 뭐가 있어."

"어디? 저게 뭐지. 저런 건 없었는데."

"책 같은데? 그림도 있어. 내가 가서 가져와 볼까?"

"야! 여기 동네 집들이 오래돼서 지붕도 약해. 더군다나 저 집은 비가 샌다고 기와 간다고 하셨는데 그러다 무너지기라도 하면 어떡해."

"설마 무너질라고. 근데 되게 궁금하다. 살살 가면 되지 않을까?"

"너보다는 내가 낫지. 내가 갔다 올게. 그런데 무섭다."

"파이팅! 이 수 민."

"기집애 무슨 얼어 죽을 놈의 파이팅. 내가 못 산다 정말."

그 책이 어떤 책인지 궁금했고 내가 창문을 빠져나가 기와지붕 위를 살금살금 기어가서 그 책을 가지고 다락방으로 돌아왔다. 그 책은 성인만화책으로 둘이 같이 보았다. 나는 충격으로 은영이의 표정을 볼 수도 없었고 그 만화의 그림만이 내 가슴을 두들겨댔다. 처음으로 보는 성인만화였고 지금도 그렇게 충격적으로 다가오는 그림은 없을 것 같다. 내용은 회사의 경리 아가씨와 유부남 사장이 바람 피는 내용이었는데 만화 속 긴 머리카락의 여자가 침대 위에서 커다란 엉덩이를 치켜세우고 입에는 침을 흘리면서 볼아보는 상년, 남사가 시거넌 별

사이로 커다란 성기를 세우고 음흉하게 웃는 장면, 여자가 교성을 지르면서 서로 성행위를 하는 장면, 충격 그 자체였다. 속이 메슥거리고 오줌이 마려운 듯한 느낌이었다. 보긴 봤는데 그것을 어디다 둘 데가 없었다. 은영이가 가져가서 처리해 주었으면 좋겠다는 생각을 했으나 은영이가 먼저 말을 하기 전에는 말을 할 수는 없었다.

"야! 말도 안돼. 이럴 수가! 너 이런 것 봤어?"

은영이는 대답은 안 하고 만화책을 나에게 주며 말했다.

"이거 어떡해 너가 가져다 아무 데나 버려"

내가 도로 은영이에게 주며 가방에 넣었다가 집에 가다가 슬쩍 아무 데나 버리라고 했다.

"어디다 버려. 이걸 그리고 어떻게 갖고 가."

"그럼 내 방에다 두었다가 걸리기라도 하면 어떡해. 도저히 더러워서 내 방엔 용납이 안 돼."

"우리 그냥 원래 자리에 도로 갖다 놓자"

"위험한 지붕 위를 또 가라고? 정말 미치겠다!"

우리는 그 만화책을 다시 지붕 위에 잘 안 보이게 갖다 놓았다. 은영이는 나 보고 좋아하는 남자가 있냐고 물었다. 이때는 무언가 좋아하는 남자가 있어야만 될 것 같은데 머리를 짜내어 봐도 정말로 좋아했던 남자도 좋아하는 남자도 없었다. 물론 남자 국어선생님을 좋아하다가 그 선생님이 군대를 가기는 했지만 그런 이야기의 분위기는 아니었다.

"너는?"

"교회에 찬양반 대장 오빠가 있는데 그 오빠 넘! 멋있어. 생긴 것도 잘 생겼고 공부도 잘하고 성격도 좋고 기타도 잘 치고 여자아이들한테 엄청 인기도 많아."

"그 오빠가 너에 대해서 어떻게 생각하는 것 같아. 다른 좋아하는 여자 있어?"

"글쎄 특별히 좋아하는 여자아이는 없는 것 같은데 다른 여자아이들한테도 친절하고 나한테도 되게 잘해줘."

"바람둥이 아냐."

"아냐. 그 오빠 부모님이 장로님이고 권사님인데 믿음이 되게 좋으셔. 그리고 얼마나 잘 사는데. 부모님이 소년 소녀 가장도 도와주고 가정형편이 어려운 학생들에게 장학금도 주신대. 훌륭하신 분들이야."

"그 오빠가 너 좋아하는 거 같애. 잘해 주는 거랑 좋아하는 거랑은 다르잖아."

"글쎄 그걸 잘 모르겠어. 그런데 나 같은 여자아이는 그 오빠가 안 좋아할 거야."

"왜 니가 어때서."

"내가 너랑 좀 이야기하지 다른 아이들이랑은 잘 못 어울리잖아. 공부를 잘하거나 예쁜 것도 아니고 뭐 잘하는 게 하나도 없어. 우리 집안도 그저 그렇고. 그 오빠는 내가 힘든 고민 있으면 다 들어줘. 다른 사람한테 말을 못 해도 오빠한테는 다 얘기해. 오빠가 무얼 해 달래도 난 다 해 줄 거야. 오빠가 나만 좋아하고 내 곁에만 있어 준다면. 그래서 힘들어."

"좋아하는 오빠가 있어서 좋다는 거야 싫다는 거야. 그리고 오빠한테 다 해줄 거라는 말이 뭐야. 그리고 힘들다는 건 뭐고 혹시 너 오빠랑 무슨 일 있었던 거 아니지."

"얘는 무슨. 그런데 지난번 찬양연습 끝나고……."

은영이는 무슨 말인가를 더 하려다 그만두었다. 은영이는 항상 나와는 다른 데 관심이 많은 것 같다. 나는 공부하고 친구들과 놀고 아직 어리고 순진한 것 같다는 생각이 들었다. 그렇게 은영이와는 시간이 지나면서 이야기를 나누었지만 은영이는 여전히 반 아이들과 잘 못 어울렸고 나도 친구들 앞에서는 은영이와 친한 척을 하거나 은영이에 대한 이야기를 하지 않았다. 그래도 은영이는 내가 준비물을 깜박 잊고 못 갖고 오거나 하면 자기 준비물을 주기도 하고 간혹 초콜릿이나 사탕을 내 책상 서랍에 넣어 놓기도 했다. 그리고 너가 있어서 학교 오는 게 즐겁고 고맙다고 했다. 영원한 친구가 되자는 내용의 편지를 예쁜 편지지에다 그림을 그려서 책상 서랍 안에 넣어 놓았다.

그러던 어느 날 집 안에서 아버지 지갑에 있던 돈이 없어졌다. 처음엔 엄마가 당신이 무언가 착각을 했겠지 잘 찾아보라고 했다. 며칠 뒤 또 지갑에 돈이 없어진 일이 생겼다. 처음엔 모르겠지만 두 번째 없어졌을 때에는 은영이가 집에 놀러 왔다가 자고 간 다음 날에 일어난 일이라 집안 식구들은 은근히 은영이 이야기를 하다가 설마하고 유야무야 넘어가고 말았다. 그즈음에 학교에서도 도난사건이 생겼다. 학용품이 없어지고, 아이들이 애지중지하는 액세서리가 없어지고, 일제 펜이나 하이테크 같은 비싼 펜들도 없어지고, 아이들 지갑도 없어지고 급기야 반장이 걷은 학급비가 없어졌다. 선생님은 교실 앞문과 뒷문을 다 잠그고 아이들을 책상 위에 올라가 무릎을 꿇게 하고 반장과 부반장을 시켜 아이들 가방과 보조가방을 뒤져보게 하였다. 그래도 잃어버린 물건을 찾지 못했다.

며칠 뒤 그날은 내가 당번이어서 체육시간에 같은 당번인 친구와 교실을 지키고 있었다. 칠판을 대충 지우고 교실 정리를 하고 우리는 수다를 떨었다.

"수민아. 우리 반 담탱이 학부모들한테 엄청 돈을 요구한대."

"넌 그걸 어떻게 알아."

"엄마랑 반장 엄마랑 통화하는 거 들었어. 엄마는 내가 듣는 줄도 모르고 통화하느라 정신이 없더라고"

"그래서 그렇게 차별하나. 선생님이 지난번에도 똑같이 두발 규정 어겼는데도 은영이만 야단치더라. 선생님은 은영이를 싫어하나 봐."

"은영이 부모가 애한테 관심도 없고 못 살잖아."

"그나저나 우리 반에 돈도 없어지고 물건도 없어지고 그런데 물건 훔친 아이 대단한 아이인가 봐. 어떻게 그렇게 소지품 검사를 하고 그래도 나타나지 않아."

"수민아. 너 아무한테도 이야기 하지마. 나 아린이가 문방구에서 펜 훔치는 거 봤어."

"아린이가 왜? 걔네집 잘살지 않아. 선생님도 아린이 예뻐하고. 걔네 엄마 학교에도 자주 오잖아. 뭐가 부족하다고 훔쳐"

"얘는…… 아린이는 도둑질을 들키지만 않으면 스릴 있는 게임이라고 생각하는 아이야. 아린이가 훔친 거 나한테 주기도 한걸."

"그걸 받았어? 그럼 우리 반에서 도난사건 일어나는 거 아린이 짓 아니야?"

"아린이한테 물어보니까 자기는 밖에서나 그런 짓 하지 우리 반에선 절대 그러지 않았다고 하던데. 그리고 엄마들이나 선생님이 아린이가 그런 짓 했다고 하면 믿겠니?"

"그러게. 도둑질은 정말 나쁜 짓인데 난 무서워서 도저히 못 할 것 같은데."

"아린이가 그러는데 사기는 생리 때가 되면 잠을 수가 없내."

"큰일이다. 너가 아린이 이야기를 했으니까 너도 아무한테도 얘기하지마. 은영이가 우리 집에서 자고 간 다음 날 우리 아버지 지갑에 돈이 없어졌거든. 그래서 잠깐이나마 내가 은영이를 의심했는데 가만히 보니 우리 반 도난사고 아린이 짓 같다는 생각이 든다."

"그래도 아린이는 아마 무사할 거야"

체육시간이 끝나고 아이들은 와자지껄 떠들며 교실로 들어왔고 그 일에 대해선 정말로 아무 생각도 없었고 별일이 아니라고 생각했다. 그러다 며칠 뒤 또 도난사건이 벌어졌다. 선생님은 이번에는 도저히 넘어갈 수 없다고 정색을 하며 말씀하셨다.

"반장은 교실 앞문 뒷문 닫고 너희들은 모든 소지품을 책상 위에 올려놓는다."

아이들은 주머니에 있는 것, 가방 소지품을 책상 위에 올려놓았고 반장과 부반장은 아이들 주머니를 하나 하나 뒤지고 선생님도 검사를 했다.

"선생님은 너희들에게 많이 실망했다. 친구들의 물건을 훔쳐가 놓고 걸리지 않았다고 이 순간을 넘겼다고 무사할 것 같지만 언젠가는 반드시 잡힐 것이고 그때는 선생님도 절대로 용서할 수가 없을 것 같다. 너희들 모두에게 종이를 나누어 줄 테니 자신이 훔쳤으면 비밀을 보장할 테니 백지에다 쓰고 혹시라도 이번 도난사건과 조금이라도 관련이 있거나 어떤 정보라도 좋으니 이 종이에다 남김없이 써 주길 바란다."

아이들은 고개를 숙이고 진지하게 무엇이라도 긁적거리며 쓰는 분위기였다. 아린이 이야기를 쓸까 하다가 내가 본 적도 없는데 우리 집에 일어난 아버지 지갑이 없어진 것을 쓸까 하다 그것도 내가 직접 보지는 않았고 게다가 은영이가 곤란해지지 않을까 싶어 차마 쓰지 못했다.

그 일이 있은 뒤 선생님께서 나를 부른다고 했을 때도 친구가 거짓말로 장난친 거라 생각했다. 하지만 교무실에 들어가니 심각한 표정으로 선생님께서 물었다.

"수민아. 요즘 우리 반에 도난사고가 일어난 것에 대해서 뭐 좀 물어볼려고."

"선생님. 저는 아는 게 없는데요"

"친구를 위해서 그건 좋은 일이 아니야. 한두 번도 아니고 학교에서야 가벼운 벌로 끝나지만 사회에 나가면 감옥에 갈 일이야. 잘못된 건 바르게 고쳐주는 게 친구를 위해서도 좋은 일이야."

"무슨 말씀인지……."

"너네 집에서 아버지 지갑이 없어졌다며 은영이가 왔을 때."

"어떻게 그걸."

"오늘 백지에 그런 내용이 써 있었어. 사실이니?"

"네. 그렇지만 확실하진 않아요. 선생님 누구한테도 말하지 말았으면 좋겠어요."

그때서야 당번인 친구가 생각났고 아린이 이야기를 하고 싶었지만 과연 내 말을 믿어줄까. 은영이 문제로 지금 힘든데 아린이까지 일을 벌이는 거엔 자신이 없었다. 괜히 말했다 싶었지만 때늦은 후회였다

그 후에 일은 기억하고 싶지도 않고 그래서인지 기억도 잘 안 난다. 선생님은 은영이 엄마한테 전화를 했고 아무 잘못도 없는 자기 딸을 도둑으로 몬다고 은영이 엄마가 화를 내며 선생님을 찾아왔다. 은영이 엄마는 선생님에게 삿대질을 해가며 교무실에서 고래고래 소리를 질러가며 도둑질한 증거를 대라고 난동을 부렸다. 이 일에 관련된 사람들 모두 명예훼손죄, 무고죄로 고소하겠다고 했다. 선생님은 우리

집에 전화를 했고 아버지는 왜 쓸데없이 이야기를 했냐며 나를 야단치셨다. 지금 아버지 입장이 곤란해졌다며 그 집에 은영이 아버지라는 사람이 험한 사람으로 잘못하다가는 큰일이 벌어질 거 같다며 한숨을 쉬었다. 어린 마음에 나 때문에 여러 사람을 힘들게 했다는 마음에 죽고 싶은 심정이었다. 며칠 뒤 아버지는 나에게 지갑에서 돈을 꺼내는 것을 보았다고 말하라고 했다. 친구들한테도 선생님에게도 그리고 혹시라도 경찰에 가면 직접 보았다고 말하라고 했다.

"아버지 직접 보지는 않았는데 어떻게 그렇게 말해요."

"너가 이런 이야기를 하지 않았으면 이렇게 일이 커지지 않았을 텐데. 넌 왜 쓸데없이 이야기를 해서 일을 이렇게 크게 만드냐."

"제가 듣기로는 아린이라는 아이가 한 짓 같은데."

"얘가 뭔 소리야! 지금 은영이 문제로 골치 아픈데 아린이까지 끌어들일 작정이냐 절대 아린이의 아자도 꺼내지 말아라."

"그냥 친구한테 비밀로 해달라고 이야기한 건데 이렇게 될 줄 몰랐어요. 은영이한테 미안해서."

"지금 은영이 때문에 이런 일이 생겼는데 그 애 이야기는 하지도 말아라. 재수 없는 애 같으니라구. 얼굴이 항상 무언가 밝지 않고 엉큼하니 어두운 느낌이었더니. 걔랑은 말도 하지 말고 만나지도 말아라. 그 집 엄마도 얼마나 억세던지. 그런 여자 밑에서 애가 뭘 보고 자랐겠냐. 사람을 질리게 만드는 여자야."

"아버지 죄송해요."

"회사 일도 어음 날짜도 다가오고 복잡해 죽겠는데 너까지 이런 일로 속을 썩이냐. 그나저나 그 아버지 한 건 잡았다는 표정이던데. 돈으로 해결해야 될 것 같은데. 잘못하다가는 회사 부도 못 막으면 우리 식구 거덜 나서 길에 나 앉을 판이다."

아버지의 어음 날짜는 항상 다가왔고 못 막으면 부도난다고 하는 소리는 항상 듣던 소리인데 그 어음은 뭔지 모르겠지만 맨날 막아도 또 들어오고 부도는 왜 맨날 날리려고 하는 건지 막연히 어두운 무언가가 그림자처럼 서서히 다가오는 느낌이었다. 다행히 경찰서까지는 가지 않았고 아버지는 그나마 나니까 이 정도 선에서 끝났다며 얼마를 주고 어떻게 해결했는지는 자세히 이야기하지는 않았다. 얼마인지 모르지만 정말 은영이가 한 번도 이야기한 적 없었던 은영이 아버지가 이렇게 결정적으로 나타나서 아버지 행세하는 것도 이해가 안 갔다.

은영이와는 학교에서 마주친 적이 있었지만 내가 보지도 않았으면서 보았다고 했다는 이유 때문에 은영이를 피해 다녔다. 보고도 본 척하지도 않고 무시했다. 친구들도 선생님도 아버지, 엄마도 은영이하고 같이 있는 것을 좋아하지 않을 거라는 생각이 들었다. 그 일이 있은 몇 주 뒤 은영이는 얼굴이 핼쑥해지고 아픈 얼굴로 잠깐 학교를 왔다가 그 후로 학교를 나오지 않았다.

그리고 그 이후에 은영이를 직접 만난 적은 한 번도 없었다. 어른들끼리 모여서 이야기를 했고 엄마가 지나가는 소리로 '툭' 내뱉은 소리를 들었을 뿐이었다. 얼마 뒤 은영이가 임신을 했다는 소식이 들렸다. 애 아빠는 같은 교회에 다니는 오빠라고 하는데 그 오빠의 엄마 아빠는 자기 자식이 그럴 리가 없다며 완강히 부인하고 있다고 했다. 평소에 도둑질이나 하고 행실이 나쁜 애가 착하고 공부밖에 모르는 자기 자식 꼬드겨서 애는 가져 가지고 순진한 우리 아들한테 덤터기를 씌운다고 화를 냈다고 한다. 그리고 그 애가 우리 자식 앤지 아닌지 알 수도 없다며 은영이를 험하게 다루었다고 한다. 그 이후엔 그 집은 다른 곳으로 이사를 가고 아들도 전학을 시켰다고 했다. 은영이는 집을 나가 미혼모 위탁센터로 갔다는 소문도 있었다. 은영이 이야기를 들을 때마다 어른들한테 말은 못 했지만 은영이가 우리 집 근처에 오지는 않았을까? 하는 생각도 해 보았다. 그러면서도 막상 나를 만나러 오면 어떡하지? 하는 두려움이 있었다.

  얼마 전에 늦은 시간에 베란다 문을 닫으러 나갔다가 우연히 본 장면이다. 앞 건물이 커다란 음식점 뒷문인데 고등학생으로 보이는 남자 아이들 열두 서너 명이 담배를 피우고 있었다. 자기들끼리 식당의 술병을 쌓아 놓은 걸 장난으로 발로 차고 손으로 서로 치고 있었다. 그러다 술병 박스가 무너지면서 술병 깨지는 소리가 나고 식당에서 아저씨들이 나와 아이들을 잡았고 경찰차가 와서 아이들을 싣고 갔다. 남편에게 내가 본 정황을 이야기했다.
  "몇 명 아이들은 도망갔는데."
  "그래도 다른 아이들이 불면 다 잡힐 걸."
  "걔네들 어떻게 될까?"
  "부모가 있는 아이들은 부모들끼리 서로 모아서 손해 배상하고 합의하고 다시는 그러지 않겠다고 서약하겠지. 그리고 앞으로 이런 일이 절대 일어나지 않도록 책임지고 아이들 가르치겠다고 하면 서로 자식 키우는 입장에서 뭐라 하겠어."
  "그럼 만약 부모 없는 아이들은?"
  "경찰 입장에서도 부모가 없거나 책임질 사람이 없으면 소년원으로 보내겠지. 아니면 부모가 있어도 책임지지 않겠다면 부모가 책임지지 않겠다는데 누군들 책임지겠어. 경찰도 그런 아이들은 소년원에 보내거나 하겠지. 아이들은 누군가의 절대적인 지지나 믿어주는 사람이 있다면 절대로 비뚤게 나가지 않을 거야."

살면서 은영이 생각은 가끔씩 났다. 오늘과 같은 일도 보면서 은영이 생각이 났다. 순간의 장난으로 평생 불구가 되어 사는 이야기를 듣거나 그러한 다큐멘터리를 보면 은영이 생각이 났다. 그리고 순간의 선택의 잘못으로 죄를 짓고 소년원으로 그리고 다시 성인이 되어서는 교도소로 계속 들락날락하면서 어떤 사람의 인생이 계속 잘못되는 것을 보아도 은영이 생각이 났다. 정말 내가 그때 은영이를 옆에서 절대적인 지지를 보내고 믿고 지켜 주었다면 은영이의 인생이 달라지지 않았을까? 하는 생각도 한다. 하지만 그 당시에 그런 생각을 하기엔 어른들이 무서웠고 그렇게 할 용기가 없어서 은영이를 찾아서 위로해 주거나 도와주는 행동은 하지 않았었다. 오히려 만날까 봐 두려워했던 나의 이기심이 항상 나를 무겁게 만들었다. 살기 바쁘다는 핑계로 이렇게 은영이가 자살했다는 소식을 듣자 그 아이를 거기까지 몰고 간 주범이 내가 아닐까? 하는 생각에 마음이 무겁다. 오늘도 아이들을 가르치면서 그 당시의 어른들을 생각해 본다. 어른으로서 은영이 같은 아이가 나오지 않도록 지켜주고 싶고 은영이와 하얀 알약을 먹고 잠이 든 그때로 돌아가고 싶다.

이 언 수

창작 노트

죽은 시인이 묻는다
시는 왜 쓰냐고
시를 사랑한 적은 있냐고
묘지명에 쓸
마지막 한 문장은 찾았냐고

꽃비

보고 싶은 사람
하도 그리워

연분홍 꽃등
내어 걸고
설레는 마음으로
이승을
환하게 밝혔는데

만나지 못하고
흐느끼며
뒤돌아가는 길

하염없이
눈물만 흘립니다

구봉사 가는 길

거북바위 지나
산골짜기
바위틈 사이
맑은 법공양
물소리 흐르고

물가에 핀
수달래꽃을
넋을 놓고 바라보다

꽃 향에 취한
삿된 생각
모두 흘려보내고

텅 비운 마음
길 따라 손짓하는
하얀 연등을 따라가네

그 사내

한 번의 간절한
기도를
후회하는
사내가 있다

그 사내
육십 되던 해
아버지는 아흔하나에
돌아가셨다

문상 온 사람들
"장수하셨군요"
"호상입니다"
소리 들으며
하나님께
간절히 기도했다

"하나님, 꼭 아버님만큼만 살게 해 주십시오"

교회 장로로 재직했던

그 사내

이제 여든여덟

요즘 하늘을 바라보는 날이 많아졌다

어떤 귀환

어머니
이제 집에 갑니다

어머니가 사립문 앞에서
눈물을 흘리시며
몸 성히 잘 다녀오라고
말씀하신 지
칠십여 년의 세월이 지났습니다

화살머리고지에서
한 뼘의 국토를
사수하라는 명령을
무너진 참호 속에서
백골이 되도록
무상하게 지켰습니다

어머니 죄송합니다
효도 한 번 못 해 드리고

어머니 가슴에 대못을 박은
불효자

이제야 집에 갑니다

■ 시

그림자

당신만 바라보고
살았습니다

당신이 기뻐할 때도
슬퍼할 때도
당신과 동행하며
몰래 웃기도 하고
울기도 했습니다

이제 당신은
떠나려고 합니다
그러나
나는 따라갈 수가 없습니다

당신과 같이한 날들
잊지 못할 것입니다

영원히

잊지 않겠습니다
사랑합니다
친구여

이 영 옥

창작 노트

오늘도 출렁이는 마음 자락을 다듬어보면서
사색과 성찰을 글로 표현해 봅니다

늦은 나이에 시작한 문학이지만
시들지 않고 오래가는 꽃이 되고 싶습니다

캐시워크

어느새 6개월 가까이 코로나19로 온 세계가 흔들리고 있다. 날마다 마음은 어수선하고 하루하루의 움직임이 신경 쓰이며 마스크 쓰기와 거리두기는 모두에게 생활의 일부가 되었다. 아마도 평생 마스크를 쓰고 사는 세상이 될까 걱정하는 마음으로 살고 있다. 이러한 환경 속에서 세상살이는 젊은이들이 살기 편하게 바뀌어 가고 있다. 점점 나이든 어른들이 살아가기에는 불편한 현실인데 따라가자니 어렵고 시대의 흐름에 살자니 답답함이 그지없다.

또한 학교, 유치원, 어린이집 등 단체 생활이 원활하지 못해서 조부모님들이 많은 수고와 노고를 아끼지 않고 지내고 있다. 여럿이 모이는 곳을 자제해야 하니 집밖에 식사보다 가정식을 가까이 해야 하고 집에 모이는 시간이 아무래도 더 많이 생기기도 한다. 집밥을 해 먹이는 일도 쉽지는 않지만 나이가 들다 보니 늘 자녀를 기다리는 마음이 어쩔수 없는 부모들의 거짓 없는 심정이라고 말하고 싶다. 하지만 돈으로도 바꿀 수 없는 손주들의 재롱은 조부모님들의 피로 회복제가 되기도 해서 좋은 점도 있다. 이런 상황이다 보니 손주와 보내는 시간도 많이 갖게 되었다. 80세 할머니가 3살짜리 손주에게서 배운다는 말이 있듯이 나는 9살 된 손주와 소통하는 일도 제법 도움이 될 때도 있다.

나는 손전화에 캐시워크 앱을 설치해 놓고 날마다 만 보를 걸으려고 노력하고 있는데, 우리 손주도 할머니가 운동을 간다면 제법 잘 따라 걷는 게 대견스럽다. 캐시워크는 걷는 대로 캐시가 쌓이는 앱이다. 캐시는 현금처럼 쓸 수 있는, 운동하면서 모이는 재미있는 푼돈이다. 9살 된 손주가 따라하고 싶다 해서 핸드폰에다 캐시워크 앱을 설치해 주었더니 온종일 걸으면서 1캐시씩 쌓이는 재미로 아주 즐거워하고 있다.

축구선수 되는 게 꿈이라는 우리 손주는 공부보다 운동을 더 좋아하고, 받고 싶은 선물 1위로 축구화를 요구하도록 즐긴다. 요즈음에는 캐시 모으는 재미에 더 바쁘게 움직이고 있다. 할머니를 만나면 캐시워크에 쌓인 숫자 보여주는 일로 인사가 시작된다. 어느 날 손주는 "할머니! 돈 버는 퀴즈도 있어요"하면서 나를 가르쳐준다. 캐시워크는 만 보를 걸어야 100원이 쌓이는데, '돈 버는 퀴즈'는 한 문제를 푸는 대로 몇십 원씩 쌓이니 손주는 문제를 풀어 캐시 모으는 일을 더 재미있어 한다. 나도 손주 덕에 캐시워크 금액이 쉽게 소소히 쌓이니 틈만 나면 퀴즈 문제를 풀기도 한다.

그러던 어느 날 손주로부터 카톡이 왔는데, 10,112캐시라는 숫자가 보였다. 만 캐시가 넘어서 만원을 모았다고 신나게 자랑하는 모양이었다. 나는 기분을 더해주려고 엄지 척이 뿅뿅 날아가고 최고라는 이모티콘과 팡파르를 울려주는 나팔 부는 이모티콘을 보내주었다. 손주는 아주 신이 난 기분이 역력해 보였다. 소소한 일에도 이렇게 즐거워하는 손주가 무엇을 하든지 하는 일에 최선을 다하며 건강하게 자라기만을 바랄 뿐이다. 이렇게 살다 보니 손주하고 즐기는 마음의 여유도 누리게 되고, 득이 될 수 있는 호사도 넘으로 얻어서 좋다.

내가 결혼을 하기 전에는 할머니 어머니 오빠네 조카들까지 4대가 한 집에 살았지만 당연히 가족이라는 테두리 안에서 부족해도 즐겁고 흡족하게만 지냈었다. 요즈음에는 부모님만 모시고 사는 집도 보기가 어려워서 서로 부대끼는 정도 그만큼 사라져가고 있음을 느끼게 하니 마음이 허전할 때도 있다. 지금은 자녀들이 출가하고 없으니 때로는 젊은이들이 필요할 때가 가끔씩 있다. 아날로그 시대에 살던 사람들이 디지털 시대에 살다 보니 불편한 일이 많이 닥친다.

나는 특히 인터넷을 하면서 막힐 때가 있으면 이럴 때는 자녀들이 함께 살 때가 좋았다는 아쉬운 생각을 하면서 젊은이와 노인들이 함께 공존해야 삶이 편하다는 것도 많이 느낀다. 어른들은 젊은이들을 이해하고 젊은이들은 어른들을 배려하는 행복한 시대를 바라는 마음이 간절하다. 이러한 어려움 속에서 손주와 핸드폰 소통도 하고 운동도 하고 좋은 시간도 보내지만 일상에 불편을 주는 코로나는 빨리 사라지기를 기다려 본다.

벌초

　남편하고 시부모님 산소에 벌초를 하러 갔다. 지난해에는 사촌들과 함께 선산부터 연중행사로 모였었는데, 올해는 코로나19때문에 조심이 되어 우리 부부만 공원묘지에 모신 시부모님 산소를 찾아뵈었다. 벌써 사촌 시동생이 봉분과 주위를 말끔하게 벌초를 해주었다.

　사촌 시동생은 술을 너무 좋아해서 해마다 벌초 때면 취해서 산소를 두 무릎으로 기어 다니며 형 동생도 몰라보는 고주망태였는데, 어느 날 술을 끊어버리고 얼굴색도 아주 좋게 변해서 열심히 사는 시동생으로 나타났다. 고마운 일을 해주는 그에게 나는 멜론과 사과로 고마운 마음을 전했다.

　내가 보기에는 옆에 있는 산소는 선머슴 머리처럼 덥수룩하니 보기가 안 좋았는데 우리 부모님 산소는 예쁘게 정리가 되어 있으니 어깨가 으쓱해졌다. 가끔씩 산소에 갈 때마다 느끼는 것은 자손들이 자주 드나드는 산소는 깨끗한데 후손들이 자주 못 오는 산소들을 보면서 나는 자손들의 사연들을 생각하게 했다. 뿌리를 찾지 못한 사정들이 있을지도 모른다. 우리 시부모님은 생전에 술을 전혀 못 드셨던 터라 어버이날이나 명절에는 술 대신에 커피를 놓고 인사를 드린다.

　유난히도 사랑을 낳이 주셨던 시부모님께 인사를 드리고 마주 앉아 있다 보니 지나온 날들이 영상처럼 머리를 스친다. 아무것도 할 줄 모르는 철부지 며느리가 얼마나 답답했을까 싶어 얼굴이 화끈거린다. 한복을 입을 줄도 몰라 옷고름을 매어 입혀 주시고, 시댁에 가 봐야 겨우 설거지만 했던 시절도 부끄러운 마음으로 생각이 난다. 시댁에 간다고 전화 드리면 어린 손주들을 데려가려고 리어카 끌고 차부에 나와서 우두커니 기다려 주시던 아버님 얼굴도 생생하게 기억이 난다.

세월이 흘러 나도 손주들 기다리는 때가 왔으니 시간은 정말로 유수같이 빠르다.

어머니 표 청국장의 맛을 잊을 수가 없다. 옆에서 바라보면 별로 넣는 것도 없이 음식을 하는데 어째서 그렇게도 잊지 못할 맛이 날까. 요즈음 와서 내가 음식을 아무리 흉내 내어 보려 해도 도무지 그 맛을 낼 수가 없다. 그것이 바로 어머니의 손맛인 것 같다.

사랑받은 그 마음이 새록새록 생각난다. 받은 만큼 나도 우리 며느리에게 그 이상으로 주고 싶다. 사랑은 받아본 사람만이 많이 줄 수 있다는 말이 나에게는 현실이 되었다. 어머니는 불교 쪽을 더 가까이하셨기에 지난번에 백담사에 여행 갔을 때 준비해 놓았던 108개의 염주도 단상 뒤편에 살며시 놓아 드렸다. 생전에 다정다감하셨던 시부모님을 늘 그리운 마음과 보고 싶은 마음으로 지내왔는데 여유 있게 산소에 앉아 있으니 더 그리워진다.

내가 신혼 때 어머님이 시골 푸줏간에서 신문지에 둘둘 말은 돼지고기를 덩어리째로 사다 주셨다. 내 생각에는 어려운 시부모님이 오셨는데 예쁘게 썬다고 네모반듯하게 깍둑썰기를 해서 찌개를 끓였는데, 어머님이 보시더니 웃으시면서 고기를 안 썰어 봤구나 하신다. 나는 아주 작은 목소리로 네! 하고 대답했더니 어머님은 깔깔 웃으시면서 다음에는 내가 해 주마 하셨다. 그렇게 작은 일에도 사랑을 베푸셨던 시부모님이 가끔씩 생각이 난다. 지금 생전에 계셨더라면 그때보다 훨씬 더 잘해드렸을 것 같다. 그래서 나는 나보다 더 젊은 사람들에게 당부한다. 살아계셨을 때 한 번이라도 찾아뵙고 잘해드리라고, 돌아가시고 안 계시면 후회한다고.

매년 벌초를 다녀왔지만 올해같이 시부모님이 그립고 보고 싶었던 적이 없었던 것 같다. 코로나19로 인하여 사람들과 만나지도 못하여 친밀하게 지내지 못한 마음의 배고픔이 부모님의 벌초로 해소가 되었다. 조상을, 부모를 생각하는 벌초는 우리 자손들에게는 뿌리를 찾아가는 일이고 계속 이어졌으면 하는 바람이다.

이 인 환

창작 노트

간신히 들어올리면 떨어지고
다시 들어올리면
떨어지는 시지프스의 운명
그러나
아모르 파티[運命愛]

지름길

급하다고 서두르지 마라
천천히 돌아가라

꽃피는 것도 바라보고
새들의 사랑 나눔도
그들의 노래도 들으면서
천천히 돌아가라

지름길이 빠르다는 생각에
조급해 하지 마라
돌아가는 것이 지름길이다

신발 끈을 단단히 조이고
갓끈도 질끈 동여매고
심호흡 한 번 하고
옆도 돌아보면서
뒤도 한 번 돌아보거라

그러면 거기
원하는 소리
들리리라

풋풋한 꽃 한 송이
보이리라

돌아가는
길이
빠른 길이다

빈 운동장

노란 민들레 여기저기 점點 찍는
어느 봄날에

누군가 잃어버린 묵주가
은행나무에 걸려 있다
간절히 바라며 손에 쥐고 있었을
한 단짜리 묵주
누가 잃어 버렸을까

쥐방울만 한 새 두 마리
나무에 앉아 부리를 맞댄다
이들에게도 분명 원하는 것은 있을 터
나무에 걸린 묵주가
하늘에 전달해 주기를 바랄까

코로나로
텅 빈 학교 운동장
고인 그늘이 서늘하다

산수유 꽃들은 하늘로 날아가고
병아리 같은 어린이들이
운동장에서 노는 것만 같아
자꾸만 운동장을 바라본다

■ 시

공생

바다와 하늘이 한 몸이다
구름 사이로 얼굴을 살짝 내민 태양과
천천히 지나가는 비행기
한가롭다

멀리 인천대교와 장봉도가 보이고
갈매기가 몰고 온
소실점

그곳
백사장에 질펀히 앉아
소주잔에 미래를 담은 언어와 언어
사이로
이 섬의 전설이 쌓이듯
희망도 쌓인다

홀로 백사장을 돌아보니
바위 틈새로 소나무가 둥지를 틀고 있다

흙 하나 없는 틈새로
어떻게 비집고 들어갔는지
소나무가 바위를 붙들고 있는 건지
바위가 소나무를 붙들고 있는 건지

소무의도에는 오늘도
바위와 나무와 갈매기의 어울림이
끊이지 않고 이어진다
삶의 수레바퀴가 돌아가듯이

유물을 찾아가는 길

마리아라는 세례명을 가진 시할머니
또 다른 이름은 또순이
그 이름에 걸맞게 삶 또한 억척스럽고 모질어
평생에 남은 물건이라곤 시집올 때
가지고 온 다듬잇돌 하나

지금까지 남아 있게 된
그 돌
수십 년 전 수마가 할퀴고 간 그 자리에
혼자 묵중하게 앉아 집을 지켰기에
남은 것도 우연은 아니지

만고풍상 겪은 그녀는 상처투성이로 남아
우리 집을 지키는 수호신이 되었지

어느 날은 유심히 바라보다가
어느 날은 무심히 지나치곤 하는데

오늘은 다듬잇돌에 새겨진
상처 자세히 들여다보니
용도 아니고 이무기도 아닌
불사조 한 마리
날고 있는 게 아닌가

내 마음도 그 길 따라 가느라
뜬눈으로 밤을 새웠지
그동안 못 가 본 길
이제라도 따라가 볼까

시 쓰는 법

망초 꽃이 지천이라
온 들녘이 환하다
이렇게 시작하는 시를 썼더니
아들이 시가 아니라고 한다

잠시 후 다시
온 들녘이 환하다
시를 고쳐서 봐 달라고 하니
볼 것도 없다고 손을 휘휘 젓는다
몇 분 만에 무슨 시를 고쳤냐고

몇 날 며칠 고민을 하고 고민을 해서
엑기스만 뽑아내도
시가 될까 말까 한데
엄마는 왜 고민을 하지 않느냐고
아들은 핀잔을 준다

시가 안 돼서

시를 못 써서가 아니라
아들의 그 말이
나를 주저앉게 만든다
나를 봉착逢着하게 한다

나는 이 세상에서
그 어떤 시보다
아들에게 인정받지 못하는 것이
가장 무섭다

■ 수필

마음의 눈

태생 소경인 맹학교 침술선생님이 신부님께 말했다.

"신부님! 어제 그 가수의 가사도 좋고 표정도 너무 좋던데요. 정말 재미있게 보았어요. 저희 같은 사람들은 눈으로 볼 수 없기에 귀나 촉각으로 본답니다. 일반 사람에게는 없는 능력이 있어 우리 나름대로 장면을 보는 것입니다."

일요일 주보에 실린 침술선생님과 어느 신부님과의 대화 내용이다.

보통 사람들이 생각하기에 맹인들은 풍경을 못 볼 거라고 생각한다. 풍경뿐 아니라 다른 것도 못 볼 거라고 생각한다. 그러나 맹인들은 풍경을 잘 본다. 얼마나 경치가 좋은지 꽃이 아름답게 피었는지 벚꽃이 홑겹인지 겹꽃인지 눈 뜬 사람들보다 더 신경을 쓰고 세밀히 감상한다. 일반 사람들이 지나치는 것을 더 섬세하게 보고 느낀다. 그들을 가까이서 겪은 사람들은 그분들이 얼마나 섬세하고 깔끔하며 정리정돈을 잘하고 기억력이 좋은지를 알게 된다.

예전에 맹인 할머니를 모시고 서오릉을 간 적이 있었다. 차에서 내린 할머니는 어린아이가 소풍 온 것처럼 기분이 좋아 보였다. 코끝으로 스치는 솔향기를 맡으며 이곳은 소나무가 많은 모양이라고 하였다.

서오릉 관람을 마치고 유람선을 탔을 때였다. 맹인 할머니는 유람선

안 의자에 앉는 것을 마다했다. 군이 뱃전에 앉아서 귓가로 스치는 바람을 느끼고 싶어 했다. 할머니와 동행했던 나는 할머니 손을 꼭 잡고 온 정신을 집중해서 안전에만 신경을 썼다. 앞 못 보는 분이 강물에라도 빠지면 큰일이었다. 유람선을 탄 재미를 느낄 여유는 없었다. 할머니께 왜 이렇게 위험하게 강바람을 쐬려 하느냐고 물으니 배를 타면 귀와 코끝으로 스치는 맛이 있어야지 안에 가만히 앉아 있으면 무슨 재미냐고 오히려 반문했다.

그 할머니는 점자도 익혔고 글씨도 쓸 줄 알고 바늘귀도 직접 꿰어 바느질도 하고 실생활에서 지혜가 많았던 분이었다. 메주를 쑤어 통풍이 잘되는 곳에 매달아 놓고, 오이도 화분에 심어 덩굴이 올라갈 수 있도록 줄을 매 놓았다. 그 오이는 줄을 따라 덩굴을 뻗고 올라가 꽃도 피우고 오이가 조랑조랑 열렸다.

이북 출신이었던 할머니는 음식 솜씨도 좋아서 만두를 맛있게 만들었다. 손님들이 그 댁에 와서 만둣국을 맛있게 먹는 것을 보았다. 처음 그 모습을 보았을 때는 의아했다. '무슨 사람들이 장님 할머니한테 음식 대접을 받나' 이런 생각이 들었다. 그런데 나중에 만두를 먹어 보고 그 맛에 깜짝 놀랐다. 사실 나는 그 만둣국을 먹고 싶지가 않았다. 앞 못 보는 분이 음식을 하면 얼마나 잘하랴 하는 마음도 들었지만, 아무래도 청결하지가 않을 것 같아서였다. 그러나 그 댁에 온 사람들이 자꾸 권하는데 계속 사양을 할 수가 없었다. 그 맛은 그동안 내가 얼마나 장애인에 대한 편견을 가지고 있었는지 깨뜨리는 계기가 되었다. 내가 먹고 느낀 소감은 사람들을 불러서 대접하기에 충분한 맛이었다.

맹학교에 다니던 학생이 있었다. 그 학생은 처음에는 약시였는데 눈이 점점 나빠지서 차츰 시력을 잃은 경우였다. 그 학생은 맹학교에 다니면서 침술과 안마를 배운다고 하였다. 그 댁에 커다란 사과가 있었는데 한쪽이 무르기 시작했다. 무른 부분을 도려내고 사과를 깎아 주었다. 성한 부분을 그 맹인 학생에게 주고 도려낸 부분을 조금 먹었다. 그런데 그 맹인 학생이 나보고 왜 자기만 많이 주느냐고 하였다. 아니라고 나도 똑같이 먹었다고 하니까 아무래도 나를 더 많이 주었다고 하는 거였다. 마음의 눈으로 보고 느낌으로 아는 거였다.

그 당시 맹학교에 다니던 학생들 세 명과 대화를 한 적이 있었다. 한 사람은 원래 정상이었는데 계단에서 떨어져서 시신경을 다친 경우였다. 나머지 두 사람은 약시였다가 점점 나빠진 경우였다. 맹인들 대부분이 원래부터 태생 소경인 분들은 많지 않다고 한다.

나는 그분들과 만남은 짧았지만 그들의 애환은 많이 이해할 수 있었다. 그들도 보통 사람들과 생각이나 감정이 전혀 다르지 않았다. 다만 직접 볼 수 없는 거였다. 그 대신 마음의 눈이 있었다. 마음으로 보기 때문에 오히려 눈 뜬 사람들보다 사람의 마음을 더 잘 읽을 수도 있지 않을까?

맹인들의 생활이 눈뜬 사람들을 무색하게 하는 경우도 참 많다. 바느질을 기가 막히게 잘하는 분들도 있고, 피아노를 비롯하여 악기를 잘 다루는 분들도 많다. 이들은 모두 눈으로 볼 수는 없지만 마음의 눈으로 볼 수 있는 심안을 가졌기 때문에 가능한 것이다. 일요일 날 주보를 보면서 맹인들의 삶을 다시 한 번 생각해 본다. 보통 사람들은 비록 눈은 뜨고 살지만 마음의 눈은 감기지 않았을까 이런 생각을 하는 것은 지나친 억측일까?

식물들도 눈을 뜨는 새 봄에 내 감긴 눈도 떠져서 더 넓은 마음과 편견 없는 생각과 열린 사고를 할 수 있었으면 좋겠다.

'가래골'에서의 하루

계절이 무르익는 여름날, 문우들 몇 명이 의기투합해 강원도 산골로 향하게 되었다. 목적지로 가는 내내 성하의 계절을 맞은 산들은 푸른 숲으로 싸여 있다. 인적 또한 없기에 고요와 정적뿐이다. 우리를 안내하던 문우는 이곳을 "나만의 장가계張家界"라고 생각하고 지낸다고 한다. 동행했던 우리들도 산세의 수려함에 감탄하며 숲과 하나가 된 듯하다.

멀리 그녀의 집이 보인다. 집 입구에 들어서기도 전에 벌써 백구가 마중을 나온다. 백구는 집에서 키우는 하얀색의 진돗개다. 어떻게 그 멀리서 주인을 알아보고 마중을 나오는지 신기하다. 백구는 앞서서 쭐레쭐레 걸어간다. 그 모습을 보면서 강아지나 사람이나 뒷모습은 외롭고 쓸쓸해 보인다는 생각이 든다.

쪽마루에 앉아서 보는 앞산의 자태는 고향 집 산을 그대로 닮아 어머니 품처럼 푸근하다. 집주인도 처음에 보고 반했다고 한다. 피곤한 몸과 마음을 편안히 쉴 수 있는 곳, 넉넉한 인심이 있을 것 같은 산이다. 잠깐 동안에도 심신이 맑아진다.

중국 계림에서 태어난 어느 화가는 왜 그림을 그리느냐고 물으니 "계림에서 태어났으니까요." 이렇게 말하는 것을 본 적이 있다. 계림의 멋진 산수를 두고 어찌 그림을 그리지 않을 수 있겠느냐는 대답에 공감이 간 적이 있다. 그런데 이곳 또한 풍광이 그림을 그리든지 글을 쓰든지 무언가를 해야 될 것 같은 그런 곳이다.

문우가 우리를 위하여 영양밥, 야채 쌈과 불고기, 나물, 아직도 맛이 변하지 않고 싱싱한 김장김치, 밭에서 금방 딴 오이, 직접 담근 된장으로 만든 된장찌개 등등 맛있는 점심을 준비했다.

점심을 맛있게 먹은 후, 산책길에 나선다. 산에는 오직 나무뿐 인적은 우리들뿐이다. 그 옛날 수양산으로 들어가 나물과 고사리를 뜯어 먹으며 연명했던 백이숙제伯夷叔齊가 생각난다. 그만큼 산에는 여러 가지 나물들이 많이 있었다. 우리는 계절이 맞지 않아 나물 채취는 못했지만, 그 대신 붉게 타오르는 산딸기를 만났다.

"딸기 산딸기 빨갛게 익었네 오뉴월 복중에 혼자 붉었네 딸기 산딸기 아무도 모르네 숲속에 숨어서 혼자 자랐네 딸기 산딸기 나 혼자만 아네 고이고이 두었다 동무야 오는 날 같이 보겠네"

어렸을 적에 좋아했던 동시다. 산길을 걷다 산딸기를 만나면 이 시를 읊으며 산딸기를 따 먹었다. 그 시詩와 새콤달콤한 산딸기 맛의 추억.

그러나 흐르는 세월과 함께 산딸기의 맛도 외웠던 시도 희미해졌다. 이렇게 희미해진 추억을 간직하고 지내다 오늘 우연히 산딸기를 만나게 되었다. 세상 모든 일은 이런 우연과 필연 속에서 얽히고설키며 살아간다.

산딸기를 만난 것은 전혀 예기치 않았던 우연이었고 행운이었다. 우리들은 산딸기 가시에 찔리면서도 그 붉은 유혹을 뿌리치지 못했다. 모두들 달려들어 빨갛고 동그란 열매를 따 먹으며 즐거워했다. 가시만 없으면 좋으련만 산딸기 또한 자기를 보호하려고 가시가 달려 있을 거란 생각을 하니 자연의 이치에 감탄할 뿐이다. 모든 동식물은 보호 본능이 있나 보다. 새봄에 따는 두릅도 연한 순을 따 먹고 나면 금방 잎이 돋아나는데 이번에는 가시가 제법 억세게 달린다. 두릅 잎사귀에 가시가 돋아나게 되면 두릅이 제빌 '나 좀 귀찮게 하지 말라'는 신호로 받아들인다. 산딸기의 가시도 생존 보호 본능 때문에 있을 거란 생각이다. 우리 인생에서 가시는 고통을 의미하는데 식물의 가시는 자신을 보호하는 장치로 쓰이니 인간과 식물의 차이를 산딸기를 먹으며 음미한다.

"삼인행필유아사三人行必有我師"

세 사람이 길을 가면 반드시 나의 스승이 될 만한 사람이 있다는 공자님 말씀이다. 식물과 꽃에 대하여 해박한 문우 덕에 많은 것을 배우게 되었다. 국수나무는 속에 하얀 심 같은 것이 있어 그것을 밀어 올리면 국수 면발같이 되기에 국수나무라고 부른다는 것, 흉년에는 도토리가 마을을 향하여 열매가 달린다는 것, 소나무에 솔방울이 많이 달릴 때는 건강이 안 좋아 자손을 많이 퍼뜨리려고 그렇다는 둥둥, 이름을 몰랐던 식물들과 꽃들의 이름을 오늘 많이 알게 되었다.

아무도 없는 산속, 마사토 위에 자리를 깔고 우리들은 엘뤼아르 시집을 펼치고 자기가 좋아하는 시를 골라 시낭송을 하였다. 나는 엘뤼아르의 〈자유〉를 낭송했다. 숲속 나무와 새들과 함께하는 자연의 무대였다. 우리를 초대한 집주인의 〈아, 목동아〉는 고운 선율과 함께 분위기를 고조시켰다. 마침 빗방울이 나뭇잎을 음표처럼 잠시 연주하기 시작했다.

가래골, 가래나무가 많아 가래골이라 불렸다고 전해진다. 가래나무는 나무의 왕인 목왕木王이라고 부른다는데 이는 가래나무로 천자의 관을 만들었기 때문에 붙여졌다고 한다. 또한 가래나무는 판본版本을 만드는 판목版木으로 쓰였다고 한다. 가래나무가 있는 마을을 부모님이 계신 고향을 의미하는 재리梓里라고도 부른다는데, 그 이유는 부모가 자손을 위해 가래나무를 심었기 때문이라고 한다. 이러한 사실을 알고 나니 가래골이 더 정겹게 느껴지고 마치 내 고향 같은 생각이 들었다.

그녀는 사람들이 왜 시를 쓰느냐고 물으면 이렇게 대답할 거라고 하였다.

"가래골에 이사 왔으니까요."

나는 그 말을 들으며 시심에 붉게 물든 그녀의 마음속을 보는 것 같았다. 그곳 가래골에서 혼자 붉은 것은 산딸기만이 아니라 그녀의 마음과 함께였음을 느끼고 공감한 하루였다. 자연과 함께 많은 것을 배우며 지낸 하루가 쏜살같이 지나갔다. 우리들은 즐거웠고 행복했다. 이 모든 것이 우리를 초대한 문우의 세심한 배려 덕분이었다.

피아노의 시인 쇼팽이 고향의 흙을 한 줌 가져오듯이 우리도 비닐봉지에 마사토를 담으며 신이 났다.

이 정 이

창작 노트

아슬 아슬
줄 하나에 매달린
보랏빛 활짝 피어
벌어진 입 내민
나팔꽃 한 송이
뜨거운 여름 한 철 꽃
내일을 모른답니다
오늘 하루도
아침 해는 뜨고
이름 없는 풀꽃 위에도
아침 이슬은 맺힙니다

검은 손수건

깜깜한 어둠 속에서
무언가를 찾아 헤맨다
잡힐 듯이 잡히지 않는
보일 듯이 보이지 않는
조롱하는 목소리만
허공에 가득 떠돈다

옥상 꼭대기에다
손수건을 매달고
가거라 가거라
하늘을 향해
고래고래 소리 지른다
오지 못할 바에는
차라리 가거라

눈발

눈이 발이 되어
줄 줄
죽 죽 내린다
눈이 발이 되어
달린다
눈이 발이 되어
굵어진다

눈이 발이 되어
눈 줄기는
깡마른 나무에 물기를
포갠다
눈은 뜨거운 여름의 광란과
화려하고도 쓸쓸한 가을바람을
잠재우며
대지를 포근하게
덮어 주고
감싸 안고

때 묻고
먼지 많은 더러운 세상을
눈으로 씻어내면
정화가 될까

눈이 발이 되어
밟는다
하얀 땅을 누르고
눈이 발이 되어
다진다

눈이 발이 되어
눈부시다
초겨울의 나뭇가지에 앉은
흰옷 입은 눈은

황량한 바람 속의 겨울을
지날 때도

따뜻한 봄으로의
마중물이 되고 싶어라
눈이 발이 되어

발 없는 말

마음속으로
묵상만 한다

천리를 간다
만리를 간다
영원히 간다

손으로 발로 쓰다듬고
목으로 가다듬는다
눈으로 볼 수도 없다

가깝고도 먼 나라를
하늘나라를
가기만 한다
도달도 없다
닿을 수도 없다
끝 간 데를 모른다

■ 시

신간 서적

그 속에 무엇이 있을까
눈으로만 읽고
세상을, 사람을
사랑할 수 있을까
굳은 머리를
망치로 칠 수 있을까
틀을, 벽을, 담장을 허물 수 있을까
새로움을 먹고
새잎을 낼 수 있을까
깨어날 수 있을까

설레인다
온다
빛으로
어둠을 뚫고

이 정 자

창작 노트

긴 여름
어머니가 병원에 입원했습니다
시골집은 비어 있었지요
퇴원하고 집에 돌아오신 날
집 앞에 있는 우수구
그 작은 덮개 사이로
봉숭아 꽃 두 송이
활짝 피어 얼굴을 내밀고 있었어요
세상은 벌써 가을이었지요
늦게 핀 그 꽃처럼
할 도리를 하는 작가이고 싶습니다

뜸들이다

머리 손질을 하기 위해 미장원에 갔다. 머리를 자르고 다듬고 미용사가 드라이기를 사용해 말려 주었다. 순식간에 예쁜 모양의 머리가 되었다. 나는 그녀가 하는 것을 유심히 보면서 물었다. 나도 미용실용 비싼 드라이기를 사서 쓰고 있는데 왜 내가 하면 이렇게 예쁘게도 안 되고 고정도 잘 안 되는지를……. 미용사가 웃으며 말했다.

"뜸을 들이지 않아서 그래요."

나는 화들짝 놀랐다. 머리 손질을 할 때 뜸 들이는 게 필요하다는 말은 처음 들어보았기 때문이다. 동그랗게 머리카락을 모양 만들어 둥근 롤 빗에 감은 상태에서 드라이기로 처음엔 세고 뜨거운 바람을 주고 그 다음엔 약한 세기의 따끈한 기온으로 한참을 있어 주어야 한단다. 그런데 일반 사람들은 머리카락에 뜸 들인다는 개념이 없으니 그저 뜨거운 기운만 사용한다는 것이다. 그날 이후 나는 머리를 만질 때마다 뜸 들이는 상태를 해 보려고 하지만 성질이 급해서인지 기다리지를 못하고 금방 끝내게 된다. 그래서 머리 만지는 실력은 제자리걸음이다. 알고도 못 하니 답답하다. 이러저래 나는 손재주가 없구나 생각하고 있다.

"너는 참 누룽지를 잘 만드는구나."

친정어머니가 유일하게 칭찬하는 것이 내가 냄비 밥을 하고 누룽지를 만들 때다. 이것은 어찌 보면 게을러서인지도 모른다. 밥물이 한 번 끓으면 불을 약하게 하고 냄비 뚜껑 위에 젖은 행주를 올려놓는다. 그래야 밥물이 흘러넘치지 않는다. 그리곤 세월아 네월아 그냥 놔둔다. 행동이 굼뜬 내가 다른 반찬을 한 가지를 하려면 시간이 걸리고 밥 올려놓은 것을 잊을 정도로 시간은 간다. 그것이 나중에 먹음직한 누룽지가 되는 것이다. 내가 누룽지를 잘 만드는 것은 게으름과 요리 솜씨 없음의 결과이다.

지인의 집에 갔는데 점심을 차려주었다. 식탁 위에 탱글탱글 먹음직스런 묵이 있었다. 맛이 일품이었다. 맛있다고 했더니 지인이 자신이 그것을 만들 때 뜸을 잘 들였기 때문이라 했다. 묵을 쑬 때도 끓이다가 나중엔 약한 불에서 오랫동안 저어준 다음 뚜껑을 닫고 아주 약한 불에서 뜸을 들이는 시간을 넉넉히 주어야 한단다. 그것이 뜸 들이는 과정인데 힘이 드니까 대부분의 사람들은 중도에 대강하고 그만둔단다. 어차피 묵은 된 것이니까. 그러나 지인은 인내심을 갖고 오랫동안 뜸을 들여서 탄력 있는 묵이 된다고 했다. 세상엔 이렇게 뜸 들이는 일이 많구나 싶었다.

뜸은 이렇게 요리에 쓰는 용어이기도 하지만 우리 선조들이 아플 때 쓰던 민간요법에도 뜸이 있다. 아픈 곳이나 경혈 자리, 피부에 직접 쑥으로 만든 아주 작은 뜸봉을 올려 불을 붙여 60도의 화상을 입히는 것이다. 당연히 뜨겁고 뜸 자리가 피부에 남는다. 외모지상주의인 요즘 세상에 뜸은 자취를 감추어가고 있다. 그 사라져가는 뜸 치료법을 우연히 고향 친구 때문에 알게 되었다. 내가 걸음을 못 걸을 정도로 많이 아팠기 때문이었다.

그 인연으로 뜸을 배우고 뜸사랑 봉사를 오랫동안 다녔다. 뜸이라는 글자는 한자로 灸라고 쓰는데 오랠 구久 자에 불 화火 자를 쓴다.

불로 오랜 기간 치료하는 것이 뜸이라는 것이다. 나이 많은 침구사 할아버지는 어느 날 산간벽지나 낙도에서 오는 환자들을 보고 그분들이 다시 찾아오기 힘든 사정을 알기에 뜸을 떠 주기 시작했다고 한다. 한 번 치료해도 피부에 뜸 자리가 나니 그 자리를 가리키며 각자 시골이나 섬으로 돌아간 다음에도 그곳에 뜸을 뜨라고 말해주었단다. 그리고 잊고 지났는데 세월이 흘러 사람들이 자꾸 뜸집을 찾아오기 시작했다. 뜸 해주는 집, 뜸집을 찾아서 사람들이 오기 시작했고 어떻게 왔나 물으면 우리 동네 누구가 아파서 여기 왔었다. 할아버지가 뜸 자리를 해주어 집에서 했더니 병이 나았다면서 자신도 해달라고 하더란다. 그래서 그 할아버지의 이름이 뜸집이라는 뜻의 구당灸堂이 되었다.

이 세상에는 많은 치료법이 있다. 효과도 다 좋으니까 존재한다고 생각한다. 그런데 뜸처럼 돈이 안 들면서 잘 드는 치료법은 드물다는 것이 내 생각이다. 오천 원짜리 쑥을 사면 일 년을 쓴다. 친정어머니가 식도암 수술을 한 지 8년째. 매주마다 가서 어머니께 뜸을 떠 드렸다. 의사 선생님이 깜짝 놀랐다. 이렇게 회복하다니 참으로 놀랍다고 했다.

나는 지금도 일주일에 한 번씩 강원도 어머니께 간다. 어머니 몸에 뜸을 떠 드린다. 그리고 또 냄비 밥을 하면서 뜸을 들여 누룽지를 만든다. 찾아오는 사람 없는 산골은 적막하고 무료하다. 그러니 그냥 잠만 자기 일쑤다. 내가 너무 건조하게 뒤처지면서 살고 있지 않은가 할 때가 있다. 도시에서 사람들은 부지런히 열심히 살고 있을 텐데 나는 너무 안일하게 쉬고 있는 것 같다. 그러다가 생각한다. 나는 지금 내 인생에서 뜸 들이는 시간을 갖고 있는 거라고……. 행동이 굼뜨고 오래 기다려야 뜸은 들일 수 있다. 뜸이 제대로 들지 않은 밥은 맛이 없다. 내 삶이 뜸이 잘 든 밥처럼 맛있는 인생이 되었으면 싶다.

뻥튀기 아저씨

학교 앞 사거리에 이상한 옷을 입은 뻥튀기 아저씨가 나타난 건 얼마 전의 일이었다. 삐에로처럼 알록달록한 옷을 입고 번쩍번쩍 빛이 나는 긴 망토까지 걸친 아저씨의 모습을 보고 사람들은 깜짝 놀랐다.

"알록달록한 옷 정말 웃기지?"

"번쩍이는 망토는 어떻고?"

아이들은 모였다 하면 뻥튀기 아저씨 이야기를 했다. 그러나 머리카락이 이리저리 삐죽삐죽하게 뻗은 더벅머리 아이만은 그곳에 끼지 못했다. 신나게 떠드는 아이들을 부러운 듯 쳐다보다가도 아이들과 눈이라도 마주치면 얼른 고개를 숙이고 딴청을 부렸다. 행동이 둔한 더벅머리 때문에 반 전체가 혼이 나는 날도 많았다.

"뻥이요!"

커다란 목소리가 사거리에 쩌렁쩌렁 울렸다. 재잘재잘 웃고 떠들며 학교 문을 나서던 아이들이 깜짝 놀라서 발을 멈추었다. 그리고는 두 손을 얼른 귀에 댔다. 뻥튀기 아저씨가 크게 소리를 칠 때는 꼭 멈추어야만 한다. 소리를 무시하고 잽싸게 뛰어가다 누구는 엎어져서 코피가 났고 누군가는 넘어져서 앞니가 부러지기도 했으니까.

"뻥!"

귀를 막아도 고막이 터질 듯이 귀청이 울렸다. 길가에 서 있는 가로수 잎들도 깜짝 놀라서 파르르 떨었다. 곧이어 고소한 냄새에 아이들의 콧구멍이 벌름거리고 입안에 사르르 침이 고였다. 잠시 후 하얀 연기 속에 아저씨의 모습이 조금씩 보이기 시작했다. 알록달록한 삐에로 소매가 먼저 보일 때도 있고 아저씨의 웃는 얼굴이 먼저 보일 때도 있었다. 하얀 연기가 걷히면 마치 요술을 부린 것처럼 커다랗게 모양이 변한 강냉이가 길가 마당에 하나 가득 펼쳐졌다.

"자, 구수한 튀밥 먹고 가세요."

아저씨는 신이 나서 지나가는 사람들에게 뻥튀기 한 줌씩을 나누어 주었다. 아이들도 우르르 달려가 서로 서로 손을 내밀었다. 아이들은 입에 뻥튀기를 우겨넣으면서도 기계에서 눈을 떼지 못했다. 둥그렇고 기다란 원통형 기계는 신기해 보였다. 더벅머리도 조금 멀리 떨어진 곳에서 뻥튀기 기계를 물끄러미 바라보고 있었다. 아저씨의 눈에 더벅머리의 모습이 들어왔다. '뻥이오.'하고 아저씨가 소리칠 때 털썩 주저앉던 아이였다.

"쟤도 이리로 오라고 하지."

뻥튀기 아저씨가 더벅머리를 가리키며 아이들에게 말했다.

"쟤는 늘 저렇게 소심해요."

"말도 잘 안 해요."

모여 있던 아이들이 더벅머리를 힐끗 보곤 한마디씩 했다. 더벅머리 아이가 고개를 숙이고 느리게 아파트 언덕길로 걸음을 옮겼다. 아저씨는 한 아이의 손에 뻥튀기 한 움큼을 쥐어서 더벅머리에게 주라고 했다. 아저씨의 부탁을 받은 아이는 마지못해 더벅머리에게 다가갔다. 더벅머리는 고개를 옆으로 저었다. 아이는 억지로 더벅머리의 손에 뻥튀기를 쥐여주고는 다른 아이들에게 뛰어가 버렸다. 더벅머리는 손에 있는 뻥튀기를 물끄러미 바라보다가 조심스럽게 그러쥐고는 천천히 걸음을 옮겼다.

"난 뭐든지 크게 만들 수 있어."

뻥튀기 아저씨가 의기양양하게 말했다. 아이들은 쿡쿡 웃었다. 뻥튀기 아저씨의 뻥이 또 시작되었기 때문이다.

"흠흠……. 이건 비밀인데 말이야. 사실 난 비 오는 날이면 우주여행을 한단다. 그래서 비 오는 날은 나를 볼 수 없어. 이 옷 정말 멋지지? 이 옷이 우주 비행복이거든."

아저씨가 빙그르 돌며 망토 옷을 뽐냈다. 정말 비 오는 날에는 뻥튀기 아저씨의 모습이 보이지 않았다. 비 오는 날이면 아저씨가 있던 그 모퉁이가 휑하게 비어 있었다.

"지난번에 만났던 외계인들은 세모 머리에 팔이 수십 개였어. 그 긴 팔 하나를 내 손가락에 대더니 내 말을 다 알아듣지 뭐니. 팔마다 외국어를 알아들을 수 있는 기능이 있대. 우리도 그런 팔이 있으면 힘든 영어 공부를 안 해도 되는데……."

아이들은 깔깔 웃으며 손가락을 친구의 팔에 대어 보았다.

며칠 동안 비가 오다가 모처럼 날이 개었다. 아이들이 아저씨에게 몰려들었다.

"아저씨 이번에도 정말 우주에 갔다 왔어요?"

"그럼! 저기 기계에 있는 젓가락같이 생긴 것 보이지? 우주에서 연락이 오는 안테나야."

아저씨가 기계의 뚜껑을 단단하게 조일 때 쓰는 쇠막대기를 가리키며 말했다. 아이들 눈에는 단지 큰 젓가락처럼만 보였다.

"에이, 아저씨 뻥이지요?"

"이런 녀석들……. 흠……. 이번에는 내가 우주여행을 은하수 쪽으로 갔거든. 발가락이 세 개인 용하고 발가락이 다섯 개인 용이 진짜 불을 뿜으며 싸우더라. 어찌나 무섭던지……. 잠든 사이에 턱밑에 숨겨 놓았던 구슬을 누군가 훔쳐갔는데 말이야……."

아이들은 아저씨의 이야기에 시간 가는 줄 몰랐다.

사거리가 번쩍거리고 있었다. 뻥튀기 아저씨가 으쓱으쓱 어깨춤을 출 때마다 망토에서 빛이 났다.

"나는 뭐든지 크게 만들 수 있지."

아저씨가 튀겨진 옥수수를 봉투에 담으며 큰소리로 노래를 불렀다. 아저씨의 눈에 저만치에서 우두커니 혼자 서 있는 더벅머리가 보였다. 웬일인지 오늘은 다른 아이들이 없었다. 아저씨가 더벅머리에게 가까이 오라고 손짓을 했다. 더벅머리는 어정쩡한 자세로 그 자리에 그대로 서 있었다. 아저씨는 하던 일을 멈추고 더벅머리에게 다가갔다. 더벅머리의 얼굴엔 눈물 자국이 있었다. 친구들이 신발을 숨겨 놓고 가버렸기 때문에 혼자서 한참을 헤매다 오는 길이었다. 아저씨의 손에 이끌려 더벅머리는 마지못해 따라왔다. 더벅머리가 이렇게 뻥튀기 기계 가까이 온 것은 처음이었다.

"아저씨……. 정말이에요?"

목소리가 너무 작아서 제대로 들리지도 않았다. 아저씨가 귀를 가까이 댔다.

"정말……뭐든지 크게 만들 수 있어요?"

"하하하……이렇게 쌀도 옥수수도 커진 걸 보면 모르겠냐? 이 기계를 말할 것 같으면 말이야. 내가 백수 신세로 세상을 원망하며 다닐 때 시골 장터에서 어떤 할아버지가 나에게 물려주셨는데 말이야, 튀밥이 나중에 송아지가 되고 송아지가 집이 되었다고 했어."

"네?"

"흠흠……. 네게는 조금 어려운 이야기지……. 사실은 말이야. 아저 씨는 네 마음도 크게 만들어 줄 수 있단다."

"저……정말요?"

"그럼! 오늘은 네 마음을 크게 만들어 주어야겠구나. 자, 마음 단단히 먹어라. 이 기계에 네 마음을 넣을 거야."

뻥튀기 아저씨가 아이의 가슴께에 빈 깡통을 가지고 갔다.

"수리수리마수리, 아브라카타브라. 카스트로폴리스……숭구리당당 숭당당!!!"

주문을 외우며 무언가를 움켜쥐더니 그것을 깡통에 담았다. 더벅머리의 눈에는 아무것도 담겨지지 않은 빈 깡통으로 보였다. 아저씨는 소중한 보물을 다루듯이 깡통을 조심조심 높이 들고 기계 안에 정성스럽게 부었다. 아저씨는 노란 강냉이도 한 깡통 부은 후 쇠막대기로 뚜껑을 단단하게 채우며 잠갔다. 뻥튀기 기계는 머리를 들고 하늘을 향해 있는 모습이 되었다. 마치 발사대에 설치되어 있는 우주선 같았다. 파란 가스 불이 켜지고 하얀 압력기가 숨 가쁘게 돌아가기 시작했다. 더벅머리는 갑자기 현기증이 났다. 차멀미를 하는 것처럼 속이 울렁거리고 어지러웠다.

"뻥이요!"

고소한 냄새가 코를 찔러 눈을 떴을 때 눈앞에 커다랗게 변한 강냉이가 수북이 쌓여 있었다.

"강냉이들 커진 것 보이지? 이제 네 마음도 같이 커졌단다."

아저씨는 더벅머리의 어깨를 두드려 주었다.

"이제 당당하게 뭐든지 잘할 수 있을 거야."

더벅머리는 아파트 언덕길을 오르며 손에 들고 있는 뻥튀기를 입에 넣어 보았다. 달고 고소했다. 더벅머리는 숨을 깊이 들이마셨다. 늘 움츠리고 다니던 어깨가 펴졌다. 그때였다. 커다랗고 시커먼 도둑고양이가 괴상한 소리를 내며 더벅머리 앞에 나타난 것은……. 이 도둑고양이는 동네 아이들에겐 두렵고 무서운 존재였다. 커다란 도둑고양이가 나타나면 아이들은 손에 들고 있던 먹을 것을 내 던지고 도망가기 바빴다. 더벅머리는 자신도 모르게 눈을 부릅떴다. 그리고 강한 눈빛으로 도둑고양이를 쏘아보았다.

"저리 가!"

더벅머리가 단호하게 소리 지르며 주먹을 쥐고 흔들었다. 도둑고양이가 놀란 표정으로 아이를 바라보다가 슬금슬금 꽁무니를 뺐다.

"엄마, 무서운 도둑고양이를 큰 소리로 쫓았어요. 내 마음이 정말로 커졌나 봐요."

신이 나서 떠드는 아이의 이야기가 저녁 식탁까지 계속되었다.

"엄마. 뻥튀기 아저씨는요, 비 오는 날에는 우주여행을 한대요."

비 오는 날이면 휑하니 비어 있던 학교 앞 사거리가 엄마도 기억이 났다. 그때 식탁 위에 놓인 젓가락이 더벅머리의 눈에 들어왔다. 더벅머리의 가슴이 콩닥콩닥 뛰었다.

'내게도 이 젓가락으로 우주에서 연락이 왔으면 좋겠다.'

다음 날 더벅머리가 커다란 도둑고양이를 물리쳤다는 소문이 학교에 돌았다. 지나가던 아이가 우연히 보았다고 했다. 개구쟁이 친구 하나가 더벅머리를 툭 치고는 손에 들고 있던 책 하나를 잽싸게 빼앗아

달아났다. 더벅머리가 그 친구를 향해 달려갔다. 어찌나 빠른지 마치 쌩하고 바람이 달리는 것 같았다. 자신의 책을 되찾아오는 더벅머리는 어제까지의 그 아이가 아니었다. 자신감과 당당함이 넘쳐흘렀다.

학교가 끝나고 더벅머리는 뻥튀기 아저씨에게 한걸음에 달려갔다.

"아저씨 정말 내 마음이 커졌어요. 나를 못살게 구는 아이들도 별거 아니던데요."

신이 나서 떠들던 더벅머리를 아저씨가 미소를 지으며 바라보았다. 한순간 이 모든 것이 꿈처럼 사라져 버리면 어떻게 하나 더벅머리는 걱정이 되었다. 짓궂은 친구들이 눈뭉치를 옷에 넣었을 때처럼 차가운 느낌이 등을 타고 내려갔다.

"그런데…….아저씨, 제 마음이 다시 작아지면 어떡해요?"

가늘게 목소리가 떨렸다. 아저씨가 더벅머리의 검은 눈을 가만히 들여다보았다.

"뭐가 걱정이냐? 다시 이 뻥튀기 기계에 넣으면 되지."

아저씨가 자신 있게 말했다.

"마음이란 것은 말이다. 힘들거나 두려울 때는 콩알만큼 작아질 때 있지. 또 너무 아파서 산산이 부서질 때도 있고. 그럴 때는 언제든지 달려와라. 아저씨가 다시 크게 만들어 주마."

아저씨가 더벅머리의 어깨를 토닥였다.

"비가 올 것 같구먼. 오늘 밤엔 또 우주여행을 가야겠는 걸."

검은 구름이 몰려오는 저녁 하늘을 보며 아저씨가 말했다.

밤늦은 시간 천둥 번개가 쳤다. 더벅머리가 우연히 부엌 쪽을 바라보았을 때 수저통에 꽂혀 있는 젓가락에 파란빛이 반짝 반짝 두 번 스치고 지나갔다. 더벅머리는 자신도 모르게 환호성을 질렀다. 드디어 우주에서 자신의 젓가락으로도 신호를 보냈다는 생각이 들었다. 부랴부랴 우산을 쓰고 뻥튀기 아저씨를 찾아 나섰다. 학교 앞 사거리, 뻥튀기 아저씨가 있던 자리는 텅 비어 있었다. 그때 길 건너편에 리어카를 끌고 가는 아저씨의 모습이 먼발치로 보였다. 세차게 내리는 빗줄기 때문에 아저씨의 모습은 희미했다. 더벅머리는 부리나케 아저씨를 좇아가기 시작했다. 사거리 하나를 더 지나 분수가 있고 팔각정이 있는 상일동산에서 아저씨는 멈추었다. 더벅머리는 걸음을 더 빨리했다. 조금만 더 가면 아저씨의 모습이 또렷하게 보일 것 같았다.

그때, 땅을 흔드는 천둥 번개가 쳤다. 너무나 큰 소리여서 더벅머리는 우산 속으로 얼른 몸을 숨기며 웅크렸다. 다시 얼굴을 들었을 때 아저씨의 모습은 보이지 않았다. 사방을 두리번거리다 하늘을 올려다본 더벅머리는 보았다. 뻥튀기 기계처럼 생긴 비행선이 비 내리는 밤하늘을 날아가고 있었다.

이 정 화

창작 노트

문장이 위로를 건넵니다
문장이 기쁨을 선사합니다
문장으로 멀리 바라봅니다

저도 감히 좋은 문장을 쓰고 싶은 꿈을 품어 봅니다

늙은 어머니가 있는 방

고단했던 여정
굽어진 허리
앙상한 다리
이제서야
가만히 뉘어 본다

커튼 넘어 은은한 햇살
파스텔빛 이불이 안락하다

창 넘어 들려오는
놀이터 아이들 낮은 웃음
쨍각거리는
시계침 소리

샤갈의 그림처럼
흘러간 기억들이 떠돌고
꽃비 내리던 봄날
아련한 미소

투명한 눈빛은
인드라망의 구슬

낯선 시대

상일동행 전동차
세트장 조명처럼 환한 사각 상자는
침묵 속에 잠겨
낯선 시간 속으로 달린다
SF영화 속에서 튀어나온 듯
하얀 마스크로 일제히 얼굴을 가린 사람들
아무도 서로를 쳐다보지 않는다

마스크와 눈만 드러낸 신인류
작은 사각의 문을 두드리며
저마다의 동굴 속으로
들어간다
미로를 지나고
혼자만의 공간
낯선 세상으로

5호선은 이제
상일동으로 가지 않는다

지구의 궤도를 벗어나
화성을 넘어 목성도 지나고
여기는 어디인가
지금은 빨리 와 버린 미래인가

문득 두고 온 사람 생각나
손가락으로 외친다
어디니?
잘있니?

케렌시아

　내가 서울이라는 번잡하고 거대한 도시에서 살면서 누리는 호사 중 하나는 콘서트홀에 가는 것이다. 나는 되도록 좀 일찍 가서 한적한 객석과 텅 빈 무대를 지켜보는 것을 좋아한다.

　아무도 없는 무대에는 오케스트라 단원들이 앉을 의자가 놓여 있고 콘트라베이스, 하프, 팀파니 등 육중한 악기들은 일찌감치 자기 자리를 잡고 주인을 기다리고 있다. 무대는 마치 고요히 정적 속에 잠겨 있는 깊은 바닷속 같다. 나는 음향이 포효하기 전 그 깊은 침묵이 좋다. 심해의 적막함을 뚫고 어디선가 물고기 한 마리가 조용히 유영하며 나타난다. 오늘 연주할 레퍼토리가 조금 안심이 안 되는 걸까. 조금 일찍 텅 빈 무대로 나온 주자는 자기 자리를 찾아 앉아서 오늘 연주 파트를 연습한다. 가냘픈 멜로디로 홀은 깊은 적막에서 깨어난다. 서너 명의 부지런한 연주자들이 미리 들어와 자리에 앉고 그들이 내는 소리들은 묘하게 어울리면서 홀은 점점 더 잠에서 깨어난다. 시간이 조금 지나 이윽고 나머지 단원들이 우루루 들어와서 자리를 잡으면서 무대는 거의 채워진다. 이제 무대는 더 이상 조용한 심해의 바다가 아니다. 무리 지어 나타난 물고기들의 세찬 유영으로 에너지가 차고 넘친다. 무대는 여러 악기들의 저마다 다양한 음색과 각각의 멜로디로 마구 섞여져서 바쁘고 어수선하다. 조금 후에 함께 떠날 여정이 순조롭기를 바라는 마음으로 그들은 자기 기구를 마지막으로 손질하고 점검한다.

이제 관객들도 자리를 잡고 객석은 거의 채워졌다. 객석의 조명이 어두워지고 무대가 밝아지면서 관객들은 저만치 홀로 떠 있는 섬을 바라본다. 조금 전 홀을 가득 채웠던 불협화음들은 가라앉고 섬은 다시 정적 속에서 잠겼다. 이윽고 바이올린을 든 악장이 무대로 걸어와 자기 자리에 선 채로 오보에 주자에게 눈짓을 한다. 오보에 주자가 목가적이고 아스라한 오보에의 A음을 길게 뽑어내면 바이올린 첼로 콘트라베이스 그리고 목관, 금관 모든 악기들이 오보에 A음을 맞추어 조율한다. 오케스트라의 모든 악기들이 일제히 같은 음을 내어 만들어내는 소리, 이 음향이 좋고 이 순간이 좋다. 꿈꾸는 듯 몽환적이다. 마치 고향에 온 듯 편안하다. 또한 일상의 시공간을 떠나 다른 차원으로 들어가는 알람의 소리이다. 오케스트라의 조율이 모두 끝나고 또다시 정적이 흐를 때 지휘자가 청중들의 박수를 받으면서 무대 중앙으로 걸어나온다. 이제 오케스트라와 청중들은 함께 음악 속으로 먼 여정을 떠날 것이다. 나도 멋진 여행을 기대하며 깊게 심호흡을 해 본다.

요즘 들어 '케렌시아', '소확행', '워라밸' 이런 단어들이 세간에 자주 오르내린다. 나날이 바빠지고 변화무상하며 치열해지는 시대를 살아가며 지친 현대인들이 원하는 라이프 스타일을 대변하는 말이다. '케렌시아'는 스페인어로 안식처, 구원처라는 뜻인데 투우장의 소가 결전에 나서기 전에 마지막으로 쉬면서 안정을 취하는 곳을 뜻한다고 한다. 단어의 유래가 투우장이라니 너무 비장하게 들릴 수도 있겠지만 각박한 현실에서 자기만의 가장 편안한 곳을 생각하면 될 거다. 그렇게 살벌한 전투를 앞둔 것이 아니더라도 고난한 세상살이도 힘든 현대인에게 잠시 스트레스를 내려놓고 편안하게 쉴 장소는 꼭 필요하다. 대부분 사람들은 다 자기만의 케렌시아를 가지고 있을 것이다. 어떤이는 바닷가를 가고, 산으로 가고, 고향을 찾기도 한다. 또한 미술관을 가거나 도서관을 찾기도 하고 경기장을 찾는 사람들도 많다. 자기만의 특별한 장소에서 잠시 빠른 발걸음을 멈추고 천천히 숨을 고르다 보면 위안도 얻게 되고 영감을 받기도 한다.

낚시를 즐겨 하는 남편은 마음이 번잡하면 호숫가로 간다. 긴 낚싯대를 드리우고 잔잔한 수면을 하염없이 바라보고 있노라면 마음은 더없이 고요하고 평화로워진다고 한다.

나는 언젠가 여름날 해 질 무렵 대천 바다에서 튜브에 팔을 걸치고 잔잔하게 파도치는 바다에 몸을 맡긴 적이 있다. 뜨겁던 낮의 더위는 한풀 꺾이고 기분 좋게 바람도 산들거렸다. 수온도 쾌적해서 몸과 마음도 편안했다. 마침 바다는 낙조에 물들어 하늘도 바다도 붉게 변하고 있었다. 거대한 황혼빛 칼라로 변해가는 우주 속에서 들리는 것은 찰랑거리는 파도 소리뿐이었고 나는 아무런 생각도 없이 그저 물결에 흔들리고 있었다. 일상에서 벗어난 시간, 완벽한 휴식의 순간이었다. 지금 생각하니 그때 그 바다가 진정한 케렌시아였던 것 같다.

요즘 서울은 공연장도 많이 늘어났고 탑 클래스의 오케스트라나 연주자들이 자주 내한연주를 한다. 시향이나 KBS교향악단의 연주도 활발하다. 좋은 자리가 아니라 무대에서 먼 3층 자리 또는 합창석이라도 고향 집처럼 아늑하고 평화롭다. 이 또한 나의 케렌시아이다. 시트에 깊숙이 몸을 파묻고 앉아 있노라면 일상의 번잡스러움과 걱정거리들을 멀리 사라진다.

이제 연주는 시작되었다. 음향으로 채워진 콘서트홀은 우주선이 되

어 지상을 출발한다. 잠시도 쉬지 않고 지저귀는 새처럼, 끝없이 이어
지는 생각과 걱정들도 멀리 떠나가고 나는 음악에 잠겨든다.

우리 집 강아지 '봄'

우리 집 강아지 이름은 '봄'이다. 8년 전 '봄'을 입양해 올 당시, 한 달 밖에 안 된 새끼 강아지였지만 품에 안으니 따사한 온기가 내 몸에 가득 전해왔고, 눈망울에 생기가 충만해서 마치 봄볕처럼 화사했다. 입양을 기다리는 봄이의 6마리의 새끼강아지 형제 중에 단연 에너지가 넘치는 아이라서 입양하러 같이 간 남편과 딸은 여지없이 첫눈에 '봄'를 선택했다.

하얀 말티스 강아지, 봄이는 누가 봐도 이쁜 미모를 자랑한다. 맑고 초롱초롱한 큰 눈은 많은 표정이 담겨 있어서 눈빛만으로 자기 마음을 표현한다. 내가 뭘 먹고 있으면 가까이 다가와서 갈구하는 눈빛으로 날 빤히 쳐다본다. 절대로 사료 이외에는 주지 말라는 딸의 완곡한 부탁이 있었지만 봄의 애절한 눈빛을 절대 거부할 수는 없다. 그래서 봄이가 좋아하는 오이나 감자를 입에 넣어 주면 더없이 만족스런 눈빛으로 대답한다. 밖에 나갔던 식구들이 귀가하면 들어오기도 전에 문 앞에 와서 온몸으로 환영 인사를 한다. 환희와 절정의 외침이다. 조그만 몸뚱이가 거의 춤을 추면서 환희의 송가를 부르면 집안 전체가 기쁨으로 꽉 채워진다. 어디서 그런 순수한 환영의 세레모니를 받을 수 있을까? 그런가 하면 식구들이 모두 외출을 할 채비를 하면 더없이 쓸쓸하고 허탈한 눈빛이다. 너무나 실의에 차서 자기 집에 들어가서는 나가는 식구들을 쳐다보지도 않는다. 지난봄에 남편과 여행을 떠나게 되어 딸만 집에 남게 되고 딸도 직장생활로 늦게 들어오니 하루종일 봄이 혼자서 며칠간을 보낸 적이 있다. 강아지는 거의 우울증에 걸려 평소 별 관심도 없던 인형을 허구한 날 물고 다니는 등 평소 안 하던 행동을 했다. 또 밤만 되면 심연에서 토하는 듯한 슬픈 하울링을 끝없이 했다는 얘기를 듣고부터는 강아지 혼자 놔두고 외출을 하거나 여행을 하는 마음이 전처럼 편하지가 않았다.

가끔 봄이의 눈망울을 쳐다보고 있으면 봄이도 나를 빤히 쳐다본다. 한참을 마주보며 초롱초롱 까만 눈동자를 들여다보고 있자니 봄이가 지금 무슨 마음인지 궁금해진다. 언젠가 TV에서 보았던, 동물과 교감하는 '하이디'처럼 봄이의 마음을 알고 싶다. 봄이의 생각과 감정, 영혼이 두 눈망울에 담겨 있는 듯 깊고 신비하다.

봄이는 가족들을 대할 때 남편과 나, 딸, 아들 등 상대방에 따라 태도를 달리한다.

봄이가 가장 사랑하고 완전히 복종하는 사람은 남편이다. 남편이 귀가할 때 봄이의 환영식은 극렬하다 못해 오줌까지 지린다. 남편이 오라고 말하면 1초의 망설임도 없이 번개처럼 달려간다. 딸이나 아들이 부를 때는 자기 마음이 내키지 않는다면 눈만 끔뻑이거나 꼬리를 설렁설렁 흔들면서 눈치나 볼 뿐이다. 반면에 남편이 봄이를 바라만 보아도 봄이는 마치 사랑하는 연인에게 가는 수줍은 여인처럼 조용조용 설레는 듯 조신하게 다가간다.

봄이는 내가 주부이자 엄마라는 것을 인식하는 듯 마치 아이들이 엄마에게 온갖 요구를 하듯 나에게도 그러하다. 먹을 것을 달라고 할 때는 꼭 나에게 다가와서 낮은 소리로 끙끙거린다. 똥을 누고 뒤가 깨끗이 처리되지 않았을 때도 나에게 신호를 보내고, 뭔가 불편한 일이 있으면 나에게 해결해 달라고 한다. 낮게 짖거나, 딴 사람들에게는 하지 않는 소리를 내면서 말을 거는 대상은 항상 나이고 그럴 때 나는 봄이의 요구를 단번에 알아차린다.

사실 강아지에게 제일 많이 정성을 쏟는 사람은 딸일 거다. 잘 먹지 않으면 새로운 사료를 사거나 강아지가 좋아할 만한 간식을 사 오는 가족은 딸이다. 강아지를 요리저리 살피면서 탈 난 곳은 없는지 보살피는 것도 딸이다. 강아지 입을 크게 벌려서 치아 상태를 요리조리 살피고 강아지 칫솔을 사와 이빨도 닦아 주고 병원에 데리고 가서 스케일링을 해주는 것도 딸만이 하는 일이다. 하지만 녀석은 그런 정성을 몰라준다. 봄이에게 딸의 존재는 대충 대해도 되는 존재이고 가족 중에 서열로 따지면 딱 세 번째일뿐이다. 그런가 하면 봄이에게 아들은 그냥 귀찮은 존재이다. 대학원 다닌다고 나가 살면서 한 달에 2—3번 오는 아들은 봄이를 사랑하는 방식이 봄이에게는 괴롭기만 하다. 오랜만에 보는 봄이가 이뻐서 하는 행동이지만 마구 껴안고 공중에서 흔들거나 봄이를 막무가내로 비비는 것은 겨우 4kg밖에 안 되는 강아지에게는 너무 격렬해서 괴로울 뿐이다. 그러니 아들이 부르면 간식 줄 때 빼고는 잘 가지도 않는다. 물론 외출하고 돌아오는 가족을 격렬하게 환영하는 것은 아들도 예외는 아니지만 봄이에게 아들은 별로 가까이할 존재는 아니다.

봄이가 부족한 점은 사회성이 떨어진다는 점이다. 산책을 나가서 같은 종족인 강아지들을 만나면 도무지 사귈 줄을 모른다. 다가오면 지레 짖어 버리고 오히려 싸울 태세이다. 그러니 동네 공원이나 한강변의 강아지 놀이터에 데리고 가면 봄이는 구석에서 처량한 외톨이가 될 수밖에 없다. 어려서 사회성 훈련을 제대로 못 시킨 주인 탓이 아닌지 가끔 자책한다. 그리고 가족 외에 타인들에게는 무조건 경계 태세로 싯어대기만 해서 집에 오는 손님들께도 미안하다. 강아지가 7살이나 되었으면 사람으로 치면 중년의 나이인데 아직도 철이 들지 않고 있으니 한심하기도 하다.

그래도 봄이는 새끼를 3마리나 출산을 했다. 태어나서 자손을 번창시킬 지상의 임무를 충실히 해낸 셈이다. 4년 전 봄이가 아가 강아지들을 낳을 때 모성의 위대한 임무를 한치도 소홀하지 않고 온전히 해내는 것을 지켜보고 나는 큰 감동을 받았다. 3살밖에 안 된 철딱서니 없는 강아지라고 생각했는데 봄이는 처음 하는 어미 역할을 완벽하게 해냈다. 힘겹게 한 마리씩 탯줄을 끊고는 마치 큰일을 치른 자신에게 커다란 자부심을 느끼듯이 가족들에게 와서 해냈다는 것을 보고했다. 갓 태어난 손가락만 한 새끼들의 몸은 출산의 지난한 흔적은 아무것도 없이 눈처럼 깨끗하고 평화로웠다. 탯줄과 태반 등 출산의 부산물은 봄이가 남김없이 완벽하게 처리해서 주변은 말끔했다. 새끼들을 키우는 과정에서도 봄이는 더 이상 잘할 수 없을 정도로 어미의 역할을 충실하게 해내었다. 봄은 핵핵거리며 힘겨워하면서도, 틈만 나면 젖을 빨려고 달려드는 새끼 3마리에게 온전히 몸을 내주었다. 새끼들의 오줌 똥을 우리가 치울 새도 없이 자신이 핥아먹는 것으로 처리를 했다. 우리 가족들은 봄이의 출산과 양육 과정을 지켜보면서 작은 강아지가 연출하는 모성의 위대한 드라마에 연신 감탄을 했다. 그 후 새끼 두 마리는 입양을 가서 자신의 삶을 일구었고 한 마리 새끼는 어미랑 행복하게 살다가 안타깝게도 일찍 하늘나라로 갔다. 지금 봄이는 그 새끼들을 어떻게 기억하고 있을까?

봄이는 우리 집에 같이 살게 된 두 번째 강아지이다. 첫 번째 강아지는 남편이 동네 야산을 산책하다가 마주친, 길잃은 새끼강아지 초롱이이다. 그때까지는 아이들이 강아지 타령을 하면서 키우자고 조르면 나는 한마디로 "엄마는 너무 바빠"하며 일축해 버리기 일쑤였다. 가사와 직장 일로 바쁜 나에게 강아지 시중까지 하기에는 몸도 마음도 여유가 없었고, 그 당시에 나는 개나 고양이 등 동물에게 아무런 관심도 없었다. 그러나 남편이 불쑥 안고 온, 태어난 지 한두 달 정도밖에 안 된 길잃은 강아지를 그냥 내칠 수는 없었다. 자연스레 우리 가족이 된 어린 강아지에게 의외로 나는 푹 빠져버렸다.

초롱이를 키우고 또 봄이를 키우면서 난 동물 애호가가 된 듯하다. TV 프로그램《동물농장》도 재미있고 서울대공원의 동물들을 지켜보는 것도 즐겁다. 그들도 생각이 있고 희로애락을 겪으며 살아간다는 것과 인간과 교감할 수 있다는 당연한 사실은 인간의 삶을 더욱 충만하게 한다. 지구상에는 인간들만 살아가는 것이 아니라 동물들도 함께 살아가고 있으며 서로 사랑을 나누며 위로가 될 수 있다. 인간이란 종족이 만물의 영장이긴 하지만 어느 시인의 말대로 작고 푸른 행성, 지구에 잠시 소풍 나온 중생이란 점에서 인간과 동물은 같은 운명이 아닐까? 무한한 시공간에서 잠시 우리 집, 작은 공간에서 같이 지내는 봄이와 우리 가족은, 귀하고 소중한 인연이 아닐 수 없다.

버리기

　며칠 전 집안 청소를 하다가 갑자기 마음이 동해서 붙박이장에 몇 년째 잠자고 있던 여행 가방과 가습기, 그릇, 플라스틱 통 등등을 아파트 재활용 수거함에 모조리 내다 버렸다. 귀한 공간을 쓸데없이 차지하고 있던 물건들이 순식간에 빠져나가니 마치 내 마음 한구석 자리 잡은 묵은 체증이 내려가듯 시원해졌다. 버리는 것이 이리도 후련할 줄이야……. 새삼 가벼워진 마음에 또 버릴 것이 없는지 구석구석 살피다 보니 이제는 나에게 용도가 다한 물건들이 너무 많았다. 몇 년째 입지도 않았지만 버리기는 어쩐지 아쉬워서 옷걸이에 얌전하게 걸려 있던 옷가지와 이제 더 이상 편하게 신을 수 없는 굽이 높은 구두도 내가 가지고 있을 이유가 없었다. 나이가 들어 취향의 시효가 지나 버린 가방도 버리고 디지털 첨단 시대를 따라가지 못하는 철 지난 전자기기들도 후련하게 정리를 해 버렸다. 무성했던 이파리를 가지치기하듯 솎아 내고 나니 맑은 가을 하늘처럼 기분이 산뜻해졌다.

　꼭 필요한 물건만 남겨두고 되도록이면 정리하려고 단단히 작정을 하고 집안을 이리저리 살펴보았다. 책장에 꽂혀 있는 책 중에서도 이제는 만기가 다 된 책들이 많았다. 누렇게 변색된 종이, 활자의 크기도 지금과는 달리 작아서 다시 읽기는 힘들겠지만 어쩐지 선뜻 폐기하기는 망설여졌다. 젊은 날 밤늦게 책장을 넘기던 기억이 생생하고 언젠가 또다시 그 감동을 되새김하고 싶다는 막연한 미련이 슬며시 떠올랐기 때문일까. 결국 손에 잡은 책을 다시 책장에 꽂아 두었다. 많지는 않지만 200장 좀 넘는 LP판도 먼지에 쌓여 구석에 잠자고 있다. 결혼하기 전, 40년쯤 전에 들었던 음반이다. 당시 용돈이 생기면 하나씩 모아서 장르별로 정리도 하고 시간 날 때마다 들었던 LP판이다. 나중에 CD의 깨끗한 음질과 편리함이 LP판을 대체하면서 LP는 더 이상 음악 감상의 수단으로서 기능을 다하고 말았다. 턴테이블도 버리고 CD를 모으면서 LP판에 있던 음악들은 CD로 대체했기 때문에 이젠 LP로 더 이상 음악을 들을 날들은 없을 것이다. 그래도 이제까지 버리지도 못하고 처박아 두고 있는 이유는 무엇일까? 돈이 생기면 음반 가게에 가서 하나씩 사 모았던 정성과 밤새워 음악을 듣던 지나간 그 시간들이 애틋해서 그런 걸까?

그렇게 망설이다 보니 여태 버릴려구 옆에 모아둔 것들도 다시 보이기 시작했다 '이 가방은 좀 더 두고 보았다가 버리는 것이 좋을거야.' 좀 전에 단호했던 마음이 어느새 미련으로 변하고 있었다. 버릴까 말까 고민될 때는 그냥 버리라고 누군가 그랬지만 일단 지금은 그냥 놔두고 싶다. 그러다 보니 버리고 정리하면서 홀가분해졌던 마음이 조금씩 복잡해졌다.

정리를 하다 보니 문득 내가 가진 것들이 너무 많다는 생각이 든다. 어느 잡지의 기사에서 양로원에 관한 이야기를 읽은 적이 있다. 할머니는 매일 아침 일어나면 곱게 단장하고 정장을 꺼내 입고는 식당에 간다. 특별히 봐 주는 사람도 없건만 그렇게 정성들여 멋을 내고 하루를 보내고 저녁이 되면 거추장스런 옷들을 벗고 잠자리에 든다고 한다. 그런 할머니들이 어느 날 하늘나라로 가면 남겨진 옷과 소지품들이 너무 많아서 양로원 측에서는 정리하고 처분하는 데 무척 힘이 든다고 한다. 그 기사가 생각이 나서 혹시나 나도 나중에 쓸데없이 남겨진 물건들이 많아서 사람들에게 짐이 된다면 어쩌나 하는 생각이 들었다. 그러고 보니 게으른 미련과 사소한 집착으로 덕지덕지 쌓여 있던 생활의 군더더기들이 아직도 너무 많다. 아파트 재활용함에 내려두면 어딘가 요긴한 사람에게 가서 반갑고 대접받는 물건이 될 수도 있고, 내 공간도 여유로워질 것이니 이 미련을 정리해야겠다.

내 마음도 마찬가지다. 쓸데없는 집착과 미련으로 마음 한구석을 차지하고 있는 묵은 감정들도 하나씩 버리고 정리하고 싶다. 시효가 지나 버린 후회와 회한들, 죄책감과 아쉬움 등등 마음 한구석에 담아둔들 무엇하랴. 바람에 훨훨 날려 보내야지. 그리고 여기저기 기웃거리던 가벼운 호기심도 이참에 정리야겠다. 분산되었던 마음의 에너지를 이젠 거두고 싶다.

1945년 이집트 나그함다디에서 발견된 도마복음 중에 이런 구절이 있다고 한다.

"인간이란 그물을 바다에 던져 물고기들을 잔뜩 잡아 올린 지혜로운 어부와 같습니다. 지혜로운 어부는 잡은 물고기 중 좋고 큰 고기 한 마리를 잡아내고 다시 나머지 작은 고기는 모두 바다에 던졌습니다. 그런 식으로 큰 고기들을 쉽게 골라낼 수 있었습니다."

그동안 나는 내 그물에 잡히는 것들을 생각 없이 거두어 담았다. 그래서 쓸데없이 배만 무거워지고 항해는 더 힘들어진 것 같다. 나에게 필요하지도 않은 작은 고기들은 바다로 던져버려야겠다.

이제는 나도 생에 후반기에 늘어선 지 오래다. 더 아름다운 것, 절실

한 것, 중요한 것에 몰두하면서 살고 싶다. 집중한다는 것은 덜 중요한
것들을 내려놓는 것이라 하는데 이제는 마음도 가지치기를 해야겠다.
그리하여 단순하고 간소하게 내 삶을 정리하면서 살아가야겠다.

인 선 민

창작 노트

빚는다
사람을 빚고
인생을 빚고
소설을 빚는다

길들여진다
매일 빚는 일에 길들여진다

길에서 묻다

사진 속에서 선영이 활짝 웃고 있다. 선영은 파라솔 아래에 앉아 테이블에 팔꿈치를 대고 두 손으로 턱을 괴고 있다. 테이블 앞에 두 팔을 들어 올리고 환호하는 남자와 그 팔에 매달려 있는 여자아이가 있다. 두 다리로는 남자의 허리를 휘감고 개구진 표정을 짓고 있다. 하늘색 반소매 티셔츠와 반바지 차림에 옅은 갈색 머리의 여자아이는 예닐곱 살쯤 되어 보였다. 그들 뒤로는 2인용 흔들 그네가 있다.

─잘 지냈니?

그녀는 무슨 말을 해야 할지 선뜻 말이 나오지 않아서 선영의 프로필 사진을 물끄러미 바라보았다. 시간이 얼마나 흘렀는지 또 한 번 울리는 카톡 알림음에 그녀는 응, 잘 지냈……까지 쓰다가 지웠다. 어떻게 지냈니? 가 아니고 잘 지냈니? 에 그저 잘 지냈다는 말로 긴 세월을 메꿀 수 있을까.

집안을 발칵 뒤집어 놓고, 파란 눈의 남자를 따라 스위스로 떠난 지 7년 만이다. 선영은 가끔 "한국 남자는 나한테 맞지 않아 답답해."라고 말했다. 그런 말을 하는 선영이 그녀에게는 화성인 같았다. 그러나 사진 속의 선영은 더 이상 화성인이 아니었다. 평범한 가정의 엄마이고 아내일 뿐이었다. 답장이 없는 텅 빈 카톡방에 선영은 예의 활달함으로 말을 이어 나갔다. 스위스라는 나라는 생각보다 자유로워서 길거리에서 담배를 피운다. 길에서 걸어 다니며 먹는 사람들도 많다. 누구도 타인을 눈여겨보지 않고 관심도 없다. 10명 중 대여섯 명은 개를 데리고 다닌다. 버스보다는 트램을 많이 이용하며 버스나 트램을 타려고 뛰는 사람은 없다. 처음에 스위스에 가서 버스를 타려고 뛰다가 사람들이 쳐다보는 바람에 망신스러웠다. 물가가 높다고 알려졌지만 살 만한 나라다. 그녀의 묵묵부답에도 아랑곳하지 않고 선영은 카톡방을 자신의 일상으로 가득 채웠다. 그녀는 자유로 가장한 무례로군. 길에서 먹어야 할 정도로 바쁜 나라군. 바쁘면 뛰기도 해야지 망신은 무슨 망신 늦는 것보다는 낫지. 물가가 높은데도 살 만하면 돈 좀 있다는 뜻이지. 카톡이 울릴 때마다 답을 하고 싶었지만 생각뿐이었다. 혼자 떠들다 지쳤는지 선영이 드디어 한마디 했다.

―명우야, 얼굴이 안 보이는데도 많이 무안하네.

―어어 미안……. 그래, 잘 지냈어. 너는?

―나도 잘 지냈지. 명우 너 많이 놀랐구나.

아무렇지 않게 "나도 잘 지냈지."라고 말하는 선영이 7년 전 그 모습 그대로 옆에서 말하는 것처럼 느껴졌다. 선영은 언제나 그랬다. 바쁘게 지낼 때는 말 한마디 붙이기도 힘들 정도로 바람처럼 나타나서 수업만 듣고 사라지곤 했다. 캠퍼스에서 오다가다 만나면 환한 웃음과 함께 잘 지내냐고 할 뿐, 답도 듣지 않고 지나가 버렸다. 그런 선영에게 그녀는 남자에게 목매 듯하고 있었다. 다른 여자아이들처럼 커피를 마시면서 수다 떨지도 않았고, 수업을 함께 들으러 다니지도 않았지만, 선영이 시간이 날 때면 항상 그녀를 찾았기 때문일까. 선영이 그녀에게는 소위 설진으로 여겨졌고, 사람에게 얽매이지 않는 선영의 모습은 그녀의 마음을 끄는 묘한 매력이 있었다. 그런 선영이 경복궁에서 만난 파란 눈의 외국 남자와 조선의 왕에 대해서 이야기를 나누다가 사랑에 빠져 스위스로 가 버린 일은 크게 놀랄 만한 일은 아니었다. 선영이 어떤 경로로 그녀의 전화번호를 알았는지 언제 카톡이 연결되었는지 궁금했지만 묻지는 않았다.

—놀라지. 그럼 안 놀라겠니? 바람같이 사라졌다 나타났는데. 과연 너답다.

—나다운 거?

선영의 깔깔거리는 웃음소리가 카톡 너머로 들리는 듯했다. 딸 하나 있는데 이름이 지나이고, 남편은 아주 평범한 사람이다. 지금은 이게 나다운 거라는 아주 일상적이지만 선영의 많은 변화를 엿볼 수 있는 이야기를 쉬지 않고 보내왔다. 선영과 함께 학교에 다닐 때도 해 본 적이 없던 긴 수다였다. 친정 부모님하고는 연락 안 하고 지내다가 아버지가 많이 편찮으시다고 해서 곧 한국에 간다. 그때 만나자로 선영의 수다는 마무리되었다. 선영이 자신의 긴 정보를 나열하는 동안 그러니? 그랬구나로 문자화된 이야기들을 읽고 있다는 신호만 보냈다.

선영과 카톡을 하는 동안 모닝커피가 다 식어 버렸다. 출근 후 마시는 모닝커피는 그녀의 하루가 시작되었음을 알리는 모닝벨이었고, 목으로 흘러 들어가는 뜨겁고 진한 커피는 그날의 웹툰 스토리가 전개되는 도화선 역할을 했다. 그건 그녀의 오랜 습관이었다. 식어 버린 커피를 두고 포트에 물을 붓고 다시 끓였다. 포트에서 물이 끓기 시작하자 희뿌연 수증기가 그녀의 얼굴로 피어올랐다.

그 무렵의 선영은 아르바이트를 하고, 학교생활을 하느라 눈코 뜰 새 없이 바빴다. 일주일에 두 번 저녁 6시면 어김없이 학교 앞 카페에 나타났고, 일주일에 세 번은 과외를 했다. 그러면서도 학교 영자신문사 기자로 활동했고, 주말이면 도서관에서 밤늦게까지 공부했다. 뭐 하나라도 잘못 건드리면 전부 쓰러지는 도미노 같은 나날이었다. 지칠 법도 했지만 선영은 자신이 세운 계획된 일과를 아슬아슬하게 줄타기했다. 선영은 남학생들에게 선망의 대상이었다. 같은 과에 다니는 3학년 남학생들은 군 면제 받은 한 명 이외에는 모두 복학생들이었다. 군 복무를 마친 것이 나라라도 세운 양 얼굴과 어깨에 잔뜩 힘이 들어 있던 그들 사이에서 학범은 부잣집 도련님처럼 핏기 없는 하얀 얼굴을 하고 있었다. 하얀 얼굴에 까맣게 빛나던 눈동자는 항상 선영의 뒤를 쫓고 있었다. 바쁜 선영의 뒤를 쫓으려면 요동을 쳤어야 했는데, 학범의 눈동자는 고요했다. 어느 날 수업이 끝나고 그녀가 학범에게 밥먹으러 가자고 했을 때에도, 캠퍼스에서 우두커니 서 있는 학범을 보았을 때에도, 수업 중에 무심코 본 학범의 눈은 언제나 선영을 향해 있었다. 그러니 학범과 한 시간만 같이 있으면 그 마음을 모를 수가 없었다. 다들 말만 안 하고 있을 뿐이었다. 그녀가 학범을 지나 도서관으로 향하고 있는데 무슨 일인지 그가 빠른 걸음으로 다가와서는 나란히 걸었다. 어쩐 일이냐는 듯 그를 흘긋 보고는 가던 길을 계속 갔다. 도서관에 다 와서 학범은 커피 한 잔 하고 들어가자고 했다. 둘은 자판기 커피를 들고 도서관 앞 벤치에 앉았다. 멀리서 지하철이 길게 지나갔다. 지하철이 다 지나가도록 그녀와 학범은 아무 말이 없었다. 학범은 빈 종이컵을 손으로 눌렀다 폈다 했다. 종이컵의 배가 학범의 손길에 따라 들어갔다 나왔다 했다.

―공부는 잘돼 가?

―공부는 무슨 공부.

그녀가 스토리 작가 준비를 하고 있다는 건, 동기들과 선배들에게 공공연했다. 그런데 뚱딴지같이 잘 되어 갈 공부가 있을 리 없었다. 학범이 그녀의 공부를 궁금해 하는 게 아니라는 것쯤은 잘 알고 있었다. 학범이 그녀에게 원하는 것은 선영의 근황일 뿐이었다. 그녀는 차라리 솔직하게 말하기를 바랐지만, 그가 그런 성격이 아니라는 것 또한 알고 있었다. 동기들도 그런 학범을 답답해하고 있었다. 학범은 배가 들어갔다 나왔다 하는 종이컵을 골똘히 바라보다가 물었다.

　—명우야, 사랑이 뭐야?

　—사랑? 갑자기 올드해지는 이 분위기 뭐지?

　그녀는 느닷없이 훅 들어오는 질문에 그냥 대시를 하라고 말할 뻔했다. 그의 얼굴에 깃털 같은 미소가 번졌고, 손에 있던 종이컵의 배가 더 쑥 들어갔다. 그의 사뭇 진지한 태도 때문에 누구도 선영에게 고백하라고 함부로 조언하지 못했다. 타인의 사랑을 아는 척하는 것도, 경솔한 조언을 하는 것도 쓸데없는 일이었다. 사랑은 저마다의 표정을 갖고 있기 때문이다. 그의 사랑은 어떤 표정인지 알 수 없었다. 그것이 진정한 사랑인지, 자기애인지 알 수 없었다. 선영은 그의 마음을 아는지 모르는지 수업이 끝난 후에 다들 삼삼오오 모여서 커피자판기 앞에 모여들 때 손을 흔들며 가 버리곤 했다.

　—무슨 일 있어? 물은 끓은 거야? 끓일 거야?

　밤새 작업을 했는지 부스스한 동료 작가의 말에 정신을 차리고 보니 포트에서 물이 끓었다가 다시 식어가고 있었다. 그녀는 선영이 오면 그날을 이야기해야만 한다고 생각했다. 그해 여름 폭우가 쏟아져서 세상 모든 것들이 멈추었던 날의 이야기를, 선영을 향한 학범의 마음도 멈추었던 날의 이야기를.

─왜 그래? 아주 넋을 놓고 있네.

동료가 그녀의 어깨를 툭 쳤다.

─어? 어어. 내가 그랬나?

그녀는 맴도는 생각을 묻고, 커피 두 잔을 따라서 한 잔은 동료에게 건넸다.

─스토리는 잘 풀려?

동료는 두 손으로 머그잔을 잡고 물었다.

─풀리다 꼬이다 하지.

동료와 그녀는 창으로 쏟아지는 햇살을 맞으며 탕비실을 나왔다. 자리로 돌아와서 숱 많은 머리를 질끈 묶고는 컴퓨터 자판을 두드렸다. '길 에 서 묻 다.' 잠시 후 스토리 제목에 어울리지 않는다는 동료의 지적이 떠올라 한 글자씩 삭제했다. 길에서 묻. 길에서. 길에. 길. 그리고 다시 텅 빈 여백만 남았다.

카페는 꽤 넓었다. 손님이 드문드문 있었다. 그녀는 선영의 옛 모습에 기대어 카페를 둘러보았다. 선영의 모습은 선뜻 눈에 들어오지 않았다.

─명우야.

돌아보니 한 손을 높이 들어 아는 척하는 여자가 있었다. 숏커트에 레드와인색의 입술, 은은한 눈 화장, 귀걸이가 웬만한 아기 손도 들어갈 만한 크기로 선영의 귀에서 찰랑거리고 있었다. 프로필 사진과는 사뭇 다른 모습이었다. 자신의 이름을 부르는 목소리는 며칠을 스쳐만 지나다가도 시간 나면 반갑게 부르던 때와 다를 바 없었다. 선영 쪽으로 걸음을 옮겼다. 걸음을 옮길 때마다 7년 전으로 시간의 금을 넘어가는 것 같았다. 그녀와 선영은 마주 앉았다. 자리에 앉자 기다렸다는 듯이 메뉴판을 들고 다가온 아르바이트생에게 "아메리카노" 하며 선영을 보았다. 선영은 "아메리카노 둘이요" 했다. 그녀와 선영은 아메리카노가 올 때까지 어색한 시간을 견뎌야 했다. 다행히 그 시간은 길지 않았다. 아메리카노가 구세주처럼 그녀들 앞에 곧 도착했기 때문이다. 둘은 두 손으로 머그잔을 잡고, 아메리카노 속으로 시선을 떨구었다.

—선영아.

—명우야.

누가 먼저랄 것도 없이 서로의 이름을 불렀다. 스위스에서 자리 잡고 살다 보니 시간이 흐르고 연락도 못 했다고 선영은 묻지도 않은 말을 했다. 이해한다며 아이 낳고 살림하고 살다 보면 시간 가는 줄 모를 거라며 결혼도 하지 않고 애도 없는 그녀는 대답했다. 결혼도 안 했고 그래서 애도 없지만 그녀에게도 시간은 잘만 갔다.

—너 결혼은 하고 그런 말 하는 거니?

선영이 피식 웃으면서 말했다. 선영은 그녀의 근황을 언니한테 들어서 대충은 알고 있다고 했다. 아직 결혼 안 했다는 것, 스토리 작가로서 입지를 굳히는 중이라는 것. 학교 다닐 때도 이리저리 분주하던 선영과는 달리 틈만 나면 컴퓨터 앞에 앉아 있던 그녀였기에 뭐라도 될 줄 알았다고 선영은 말했다. 그렇다. 그녀는 선영과 달랐다. 그녀는 컴퓨터 앞이 세상이었고, 모니터의 하얀 여백이 공포일 때도, 한바탕 놀 수 있는 놀이터일 때도 있었다. 지금 그녀는 모니터의 여백을 마주하고 있는 것 같았다. 막상 선영과 마주 앉자 무슨 말을 해야 할지, 쉽게 입을 열 수 없었다. 커피를 내려다보다가 남편은 어떤 사람이냐고 물었다. 선영은 남편이 편안하고 좋은 사람이며 사는 동안 큰 마찰이 없었고 앞으로도 그럴 것 같다고 말했다. 선영다운 대답이었다. 그녀는

선영의 대학 생활을 떠올리며 이렇게 평범하게 살 걸 그렇게 튀는 대
학 생활을 했을까 생각하다 평범하게 사는 게 가장 어렵지 라고 혼자
결론을 내렸다.

—사람 앞에 앉혀 놓고 무슨 생각을 그렇게 해?

선영이 그 습관 그대로라며 피식 웃었다. 대학 때 그녀는 선영에게
가끔 핀잔을 듣곤 했다. 세상 고민 혼자 짊어진 표정 좀 그만하고 생
각을 간단명료하게 하라는.

둘은 띄엄띄엄 일상을 나누었다. 그녀는 선영의 표정을 살피다가 입
을 열었다.

—나한테도 일언반구 말도 없이 왜 갑자기 사라졌니?

—새삼스럽게. 남자 때문에 부모도 등지고 떠난 거잖아. 가면 간다
한마디 말도 없이 떠나서 많이 서운했구나. 그때는 이런저런 이야기
하는 것도 싫더라고. 그때 그 남자가 없으면 죽을 것 같았고 나한테는
인생이 달린 일이라고 생각했지. 많이 어리기도 했고. 지금이라면 좀
달리 행동했을까?

선영의 목소리가 낮게 깔렸고, 그녀는 창밖을 보았다. 진눈깨비가 내
리기 시작했다. 길은 진눈깨비로 곧 질퍽거릴 것이다. 집에 가는 길이
꽤나 불편할 거라는 생각이 들었다. 학범은 사랑을 찾아 길을 떠났다.
선영도 사랑을 찾아 길을 떠났다. 학범이 영월로 떠났던 일을 선영은
알고 있을까? 그녀는 망설이다가 입을 열었다.

—선영아, 그때 너 정말 몰랐니?

선영은 무슨 말이냐는 듯 그녀를 바라보았다.

—우리 3학년 때. 학범 선배가 영월에 갔던 거.

선영은 자신의 얼굴을 들여다보는 그녀의 눈을 의식하면서 창밖에

시선을 둔 채 커피를 한 모금 마셨다. 선영은 한참을 들고 있던 머그잔을 내려놓으며 말했다.

─알고 있었어.

─그런데 왜 모른 척했니?

─모른 척하고 말고도 없었어. 그 선배하고 내가 뭘 한 것도 아니고, 뭘 하려고 했던 것도 아니었어. 그 선배 혼자 그랬던 거야. 영월 집에 그렇게 무모하게 올 줄도 몰랐고. 그렇게 된 것도 나중에 알았어.

그 일은 선영만 모른 체하고 있던 건 아니었다. 입에서 입으로 전해 온 소식을 다들 알고 있었다. 그러나 학범과 친한 몇몇을 제외하고는 학범이 원하지 않는다는 이유로 묻어 두고 있을 뿐이었다. 선영은 그녀가 무엇을 궁금해 하는지 다 알고 있는 표정으로 난처한 듯 화제를 돌렸다. 선영이 그녀에게 작가 생활은 할 만하냐고 물었고, 그녀는 머리카락을 다 뽑아버리고 싶을 정도로 힘들 때도 있지만 한 번 빠지면 헤어나지 못하게 만드는 매력이 있다고 대답했다. 그리고 '방향은 다르지만 너와 학범 선배가 사랑을 찾아 길을 떠났던 이야기를 쓰려고 해'라고 말하고 싶었다. 그녀는 선영이 스위스로 떠나기 전에 한 번 더 만나기로 약속하고 헤어졌다.

선영은 그녀와 헤어진 후, 묵고 있는 언니 집으로 향했다. 진눈깨비가 제법 내려서 선영의 마음처럼 질퍽거렸다. 선영의 무겁게 움직이는 발걸음 사이로 그날의 일이 떠올랐다.

학범은 학보사 앞에서 선영을 기다렸다. 날씨가 맑아서 땅 위의 모든 사물들이 약간씩 공중에 떠 있는 것처럼 비현실적으로 보였고, 공기 중에 부유하는 먼지들이 별처럼 반짝거렸다. 모든 사물을 비현실적으로 만든 날씨에 떠밀려 학범은 선영에게 말하고 싶었다. 거기에는 동기들의 암묵적인 채근도 한몫했다. 같은 극의 자석처럼 다가가려고 하면 밀어내는 선영에게 오늘은 자신의 마음을 말할 작정이었다. 온 몸을 휘감는 태양의 열기에 학범이 땀으로 젖어들 무렵, 선영이 신문사에서 나와 현관 앞에 서더니 기지개를 켰다. 햇빛 때문에 눈을 기늘게 뜨고 계단을 내려오던 선영이 학범을 발견하고 주춤했다.

─선배가 여기 웬일이에요?

─너 기다리고 있었어.

학범은 떨리는 눈동자로 말했고, 선영의 얼굴은 굳어갔다.

─얘기 좀 할까? 할 말이 있어.

─지금요? 아르바이트 가야 하는데.

─잠깐이면 돼.

선영은 메고 있던 가방끈을 고쳐 잡고, 학범 쪽으로 돌아섰다.

─차라도 마시면서 얘기할까?

─아니요. 여기에서 해요.

선영은 다리가 땅에 박힌 것처럼 서 있었다.

─눈치 챘겠지만 내가 너를 마음에 담았어.

선영은 학범이 자신의 근처를 배회하고, 그림자처럼 서성이는 것을 알고 있었다. 자신의 마음에 없는 사람의 마음속에 들어 있다는 것도 부담이었지만, 답답했다. 선영에게는 철창 없는 감옥이었다.

자신의 뒤를 따라다니는 학범의 시선, 그래서 더욱 수업이 끝나면 가 버리곤 했다.

─선배, 난 지금 누구 좋아하고 연애하고 그럴 시간도 마음도 없어 요.

─알아. 그렇지만 나한테 틈을 좀 주면 안 될까? 나도 공부하고 취업

준비하려면 너한테 시간을 많이 못 내니까 서로 가까운 거리에서 평행선을 걷다가 취직하고 졸업하면 그때 시간을 더 갖고 보자. 지금 당장 너하고 뭐 하자는 거 아니야.

—틈이요? 틈이 균열로 이어져 깨질 수도 있어요. 지금 아닌 마음이 그때 가면 생기겠어요?

선영은 자신의 말이 마음과는 달리 잘 벼려진 칼날 같다고 생각했지만 이미 뱉은 말이었고 학범의 시선에서 벗어나고 싶었다. 제발 그 시선을 거둬달라고 애원이라도 하고 싶었다. 선영은 언뜻언뜻 자신에게 꽂히는 시선이 싫었다. 그런데 그날이 이렇게 올 줄은 몰랐다. 선영은 두 다리가 땅에 붙어 온몸이 뜨거운 열기에 녹아내릴 것 같았다. 학범은 가방끈을 꽉 잡고 말뚝처럼 서 있는 선영을 바라보았다. 학범이 다가올수록 뒷걸음질하는 자신을 선영도 어쩔 수 없었다.

—선영이 너 참 마음이 딱딱하구나.

마음이 딱딱하구나……마음이 딱딱하구나. 선영은 '딱딱'이라는 말이 가슴에 박혔다.

—선배, 내 마음이 딱딱하든 아니든 그게 선배가 상관할 바 아니고, 그 이유를 모르겠어요?

선영은 자신이 입에서 나오는 말들을 다듬지 않았고 툭툭 튀어나오도록 내버려두었다. 자신의 몸 곳곳에 박혀 있는 학범의 시선을 뽑고 싶었다.

—선영이니? 이제 와? 누구 만난다고 하지 않았니?

아파트 쓰레기장에서 분리수거를 하고 있던 언니였다. 선영은 언니의 팔짱을 꼈다.

─명우 만난다더니 걔는 잘 지낸다니?

─응. 잘 지내고 있었나 봐. 워낙 차분하고 자기 앞가림 잘하는 애잖아.

선영의 언니는 누구하고 달리라면서 선영의 팔을 세게 잡았다 놓았다.

그녀는 선영의 말대로 늘 차분하게 자기 앞가림을 잘했다. 그녀는 선영과 헤어지고 진눈깨비로 미끄러운 길을 차분하게 걸었다. 선영은 한국 땅에서 만난 파란 눈의 남자와 사랑에 빠져 스위스로 갔다. 이미 딸 지나는 선영의 몸 안에 있었다. 스위스로 간 선영은 딸을 낳고 매 순간을 최선을 다해 살았다. 한국에서처럼 최선을 다해서 아이를 키웠고, 최선을 다해서 가정을 꾸렸다. 엄마의 최선에 부응하듯 아이도 잘 자랐고, 남편도 평화와 안락함으로 선영에게 보답했다. 그리고 선영이 한국에 왔다. 모두들 읽다 만 소설의 결말처럼 궁금해 할 것이다. 그녀는 직업병처럼 머릿속에서 선영의 스토리를 엮었다,

발길 닿는 대로 걷다 보니 윤구의 가게 앞이었다. 문을 열고 들어서자 예닐곱 개의 탁자에는 거의 손님이 꽉 차 있었고, 호프집과 어울리지 않게 잔잔한 음악이 흐르고 있었다. 음악이 잔잔해서인지 얼근하게 취한 손님들도 왁자하게 떠들지 않았다. 윤구는 혼자 안주를 만들고, 서빙 하느라 정신이 없었다. 그녀는 홀을 둘러보았다. 아르바이트생은 보이지 않았다. 테이블 사이를 지나 주방으로 빠지는 통로 옆 간이 테이블에 앉았다. 홀에서 한참을 서빙 하느라 바쁘던 윤구가 주방 쪽으로 향하며 그녀를 발견했다. 윤구는 손을 번쩍 들면서 입으로는 언제 왔냐고, 조금만 기다리라고 벙긋댔다. 그녀도 내가 도와줄까요? 라고 벙긋댔다. 윤구는 괜찮다고 앉아서 기다리라고 벙긋댔다. 그녀는 냉장고에서 캔 맥주를 꺼내다 땄다. 거품이 와르르 올라와서 얼른

캔 맥주 구멍에 입을 대고 마셨다. 조금 후에 윤구가 주방에서 마른안주를 가지고 나오면서 아르바이트생이 오다가 눈길에 미끄러져서 못 나오게 됐다고, 그래서 혼자 이 지경으로 바쁘다고 했다.

그녀는 윤구가 갖다 놓은 마른안주 접시의 땅콩을 손가락으로 이리저리 굴렸다.

─선영이 만나고 오는 길이에요.

그녀는 덤덤하게 말했다.

─뭐? 선영이? 살아 있었대? 살아 있었으니까 만났겠지만. 사랑 따라 떠난 여주인공이 드디어 오셨군.

윤구는 특유의 장난기 어린 말투였지만 놀란 기색이 역력했다. 윤구의 빈정거림이 못마땅하고 듣기 거북했지만 이해되기도 했다.

─선영이 알고 있었대. 학범 선배가 영월에 갔었던 거.

그녀는 땅콩 한 알을 접시에 툭 던지고 손을 탁탁 털었다.

─그래? 학범이가 말했나? 간다고? 우리 중에는 말한 사람이 없는데. 학범이 하도 신신당부를 해서. 명우 너도 말 안 했지?

─안 했지. 내 인생의 좌우명이잖아요. 타인의 인생에 끼어들어서 흐르는 물을 조작하지 말자.

그 좌우명 아직도 유효냐며 웃는 윤구의 얼굴에 찬물을 끼얹듯 물었다.

─학범 선배……잘 지내요?

그녀의 가슴이 이유 없이 두근거렸다. 핏기 없이 하얗던 학범의 얼굴이 떠올랐다.

그녀는 학범의 사고를 알고 있었지만, 사고 후 만난 적은 없었다. 가끔 소식만 들을 뿐이었다. 그중에는 학범과 혜원이 결혼했다는 소식도 있었다. 혜원은 그녀와 선영의 1년 선배이자 졸업 동기였다. 1년을 휴학했다 복학해서 그녀들은 혜원을 언니라고 따르며 3학년부터 졸업할 때까지 함께 공부했다. 혜원은 언니답게 후배들을 잘 챙겼다. 그러나 4학년 말부턴가는 서로가 바빠서 자주 만나지 못했고 졸업 후에는 서서히 관계가 끊겼다. 혜원이 언제부터 학범에게 마음이 있었는지 시간을 거슬러 올라가도 시작점을 알 수 없었다.

3학년 여름방학, 개강을 삼 주일 앞둔 무더운 날이었다. 폭염 때문인지 인문학관 앞에는 우리들 말고는 오가는 학생들이 없었다. 복학생들은 박스 묶을 때 사용하는 빨간 끈을 양쪽에서 잡고 있었다. 윤구의 손에는 가위가 들려 있었다. 모양새가 건물 준공식 커팅식을 방불케 했다. 여자라고는 그녀뿐이었다. 그나마 선영과 친하다는 이유로 불림을 받은 것이었다. 그녀가 여자 동기들이든 복학생들이든 두루 어울려 잘 지낸 것이 또 다른 이유라면 이유였다. 그녀는 인문학관 앞 나무 아래 벤치에 앉아서 펄펄 끓는 태양을 피하고 있었다. 그들이 도대체 무엇을 하려는 것인가, 알 수 없는 광경을 그녀는 그저 보고만 있었다. "저기 학범이 오네." 그들 중 한 명이 소리쳤다. 그들은 일제히 '저기'쪽으로 고개를 돌렸다. 그녀도 '저기'를 쳐다보았다. 그들이 다 같이 바라 본 '저기'에는 학범이 먼 길 떠나는 사람처럼 머리에는 띠를 두르고, 등에는 커다란 배낭을 메고, 결의에 찬 표정으로 걸어왔다. 배낭 끝에는 운동화 한 켤레가 매달려 있었다. 어서 오라고 그들이 다 같이 한 목소리로 말했다. 학범이 다가오자 그들은 학범을 둘러싸고 정말 가냐, 잘 생각해 보라는 말들을 했다. 옆에서 듣고 있던 그녀가 학범 선배 어디 가냐고 묻자, 그들은 서로를 쳐다보며 의아스러워 했다.

─아무도 명우한테 말 안 했어?

그들은 서로를 쳐다보며 너도? 너도? 하는 표정이었다.

—뭐야. 선배들 무슨 꿍꿍인데요. 학범 선배 어디 가는데요?

—학범이 선영이 영월 집에 간단다. 그것도 걸어서. 선영이에 대한 진심을 보여 주겠대 마지막으로.

윤구의 말에 그녀는 어이가 없었다. 학범은 선영의 외면에 마지막으로 최선을 다 하고 과감하게 포기하겠다고 했다. 사람의 마음이 포기한다고 포기가 되는 것인가, 의문이 들었다. 그러나 그녀는 학범의 사랑이 진실인가에 대해서 함부로 말할 수 없었고, 그 방법 또한 함부로 매도해서 말릴 수도 없었다. 그건 그의 문제였다. 그날 학범은 빨간 끈 앞에 섰고, 윤구는 끈을 가위로 잘랐다. 끈이 잘리자, 학범이 뒤를 돌아보고 활짝 웃었다. 그리고 손을 흔들면서 첫걸음을 내딛었다. 학범의 배낭 뒤에는 운동화 한 켤레가 대롱거렸고, 머리 위로 새 한 마리가 지나갔다. 폭염 속, 새의 비행이 기이했다.

그녀의 물음에 윤구는 대답하지 않고 자리를 떠서 홀로 갔다. 마침 호프집 문을 열고 서너 명의 손님들이 시끌벅적하게 들어왔다. 그녀는 일하는 윤구의 뒷모습을 바라보았다. 선배들은 그때 무슨 생각들을 하고 있었던 걸까? 사람의 마음이 그런 방법으로 얻어지는 거였다면 지구를 몇 바퀴라도 돌겠다고 하는 사람도 있겠지. 만약 학범이 영월로 가지 않았다면, 선영이 학범의 마음을 받아 주었다면 학범의 다리가 그렇게 되지 않았을까? 학범이 걸어가지 않고 버스나 기차를 타고 갔다면 그렇게 되지 않았을까? 생각들이 뻗어나갈 때 윤구가 서빙을 마치고 돌아와 앉았다. 그녀는 그동안 꺼내지 않던 말들을 했다.

—선배들은 왜 학범 선배를 말리지 않았어? 무모한 건 선배들도 다 똑같았어요.

─말릴 수 있었으면 말렸겠지. 말린다고 될 일도 아니었고. 그때 우리들은 학범이의 최선에 동참했을 뿐이야. 우린 엄두도 못 낼 치기어린 행동이 재미있기도 했고. 학범이 다리는……안타깝지. 그날 날씨가 그럴 줄……. 사고가 난 후에 무모했다는 생각이 들더라구. 우리 모두 너무 어렸어.

'무모와 어리다'에 바친 대가치고는 너무 컸다. 그녀는 맥주를 벌컥 들이켰다.

─선영이는 학범이를 왜 그렇게 싫어했을까?

윤구가 뜬금없이 물었다.

─사람을 싫어한 건 아니고 그림자처럼 따라다니는 시선이 싫다고……. 숨 막힌다고 답답해했어요. 사람이 누구를 쉽게 좋아할 수도 없지만, 쉽게 싫어할 수도 없잖아요.

그녀의 말에 윤구는 땅콩 한 알을 까더니 위로 휙 던져서 입으로 받아먹었다.

문득 생각났다. 학생식당으로 가고 있는데 등나무 아래 정물처럼 서 있는 학범이 보였다. 골똘하게 응시하고 있는 시선을 따라가니 그 끝에 손바닥으로 차양을 만들어 해를 가리고 게시판을 읽고 있는 선영이 있었다. 나풀거리는 머리를 올려 묶고 청바지에 남방을 걸치고 손으로 차양을 만들어 서 있는 선영의 모습, 여성의 선과는 거리가 먼 납작한 막대기 같던 선영의 실루엣을 학범은 선영이 그 자리를 떠날 때까지 바라보고 있었다. 이런 게 과연 사랑일까 라는 생각이 들기도 했지만, 그녀가 할 수 있는 사고의 한계는 거기까지였다. 그 너머까지 다다르기에는 그녀도 너무 어렸다.

선영은 언니 집으로 와서 씻고 침대에 바로 누웠다. 피곤으로 몸을 세우고 있는 것조차 힘들었다. 좀 어지러웠다. 선영은 누워서 천장의 별을 바라보았다. 조카들이 어릴 때 붙여 놓은 것이었다. 별이 반짝였다. 영월의 밤도 별이 쏟아졌다. 3학년 봄, 복학생들과의 첫 모임에서 옆자리에 있던 학범이 영월의 밤은 어떠냐고 선영에게 물었다. 밤이 맑다고 선영이 말했다. 그랬다. 영월의 밤은 맑았다. 그래서 선영은 방학이 되면 꼭 고향에서 이삼 주를 머물렀다. 나도 영월의 밤을 꼭 보러 갈 거라고 학범이 말했지만 정말 영월에 올 줄은 몰랐다.

선영은 방학이라 영월에 내려가 있었다. 학범은 선영에 대한 진심을 보여주겠다며 영월까지 걸어서 가겠노라고 선언했다. 선영은 몰랐고, 선배들은 그 진심에 동조했다. 학범은 걷다가 어둠이 깔리면 텐트를 치고 밥을 해 먹었다. 텐트를 치고 누우면 마치 물속에 잠겨 있는 듯했다. 선영이 말한 영월의 맑은 밤에 다다르고 싶었다. 그 밤이 선영의 마음 깊은 곳이었으면 했다. 그렇게 걷고 걸어서 영월을 향해 갔다. 학범이 영월에 거의 도착할 무렵부터 하늘은 금방이라도 비를 퍼부을 것 같았다. 바람도 세찼다. 어제까지만 해도 날씨는 좋았다. 행정구역의 경계선을 넘었을 뿐인데 날씨가 돌변했다. 학범은 일부러 휴대폰도 가져가지 않았다. 선영에게 전화하고 싶은 마음을 참지 못할 것 같아서였다. 세상의 것들을 훌훌 털고 선영에게 가고 싶었다. 영월에 들어섰을 때는 하늘이 찢어진 것처럼 비가 쏟아지고 바람이 불었다. 거리를 삼킨 빗물은 이미 정강이까지 차올랐다. 사람들은 이리저리 집으로 서둘러 갔다. 학범은 간신히 어느 가게의 어닝 아래에서 유리문에 비춰진 자신의 몰골을 보고 흠칫 놀랐다. 유리에 비친 건 자신이 아닌 것 같았다. 여름 볕에 그을렸고, 살이 빠져 있었다. 그래도 눈동자는 희망으로 빛났다. 학범은 시외버스터미널 옆에서 공중전화를 찾았다.

―뚜뚜뚜

전화는 연결되지 않았다. 폭풍이 전화선까지 삼켜버렸다. 두고 온 휴대폰이 간절했지만 후회해도 소용없는 일이었다.

―뚜뚜뚜 뚜뚜뚜

공중전화부스를 나섰다. 우산은 이미 대가 휘어져 제 기능을 다하지 못했다. 얼굴을 때리는 빗물에 눈앞이 가늠되지 않았다. 손으로 얼굴을 훑어도 빗물은 질기게 덤벼들었다. 시외버스터미널로 들어갔다. "폭우와 강풍으로 오늘 영월에 전기와 전화가 끊겼습니다." 텔레비전에서 아나운서의 젖은 목소리가 흘러나왔다. 사람들은 요동했다. 이거어디 나라 믿고 살겠나, 매번 이러니, 미리미리 대책을 세워야 할 것 아니냐고. 텔레비전 앞에 모여 시청하던 사람들이 거칠게 불평했다. 오늘은 터미널 주변에서 자고 내일 다시 전화를 해야겠다고 생각했지만 몸은 생각처럼 움직여주지 않아 텔레비전 앞에 하염없이 앉아 있었다.

다음날 성났던 하늘은 가라앉았다. 하룻밤 사이에 손바닥 뒤집듯 바뀐 날씨였다. 햇살이 밝고 투명했고, 지난밤의 잔영처럼 온 세상이 물을 머금고 있었다. 학범은 영월 시장 끝에 있는 여관에서 묵었다. 합판으로 나뉜 쪽방들이 줄줄이 늘어서 있었고, 옆방 사람의 숨소리까지 들릴 지경이었다. 학범은 여관을 나서 언제 그랬냐 싶게 순식간에 바뀌었다고 중얼거리며 하늘을 올려다보았다. 인생도 순식간에 뒤바뀔 수 있다는 사실을 깨닫는 데에 그리 오랜 시간이 필요하지 않았다. 시장 국밥집에서 아침을 때우고 선영의 집에 전화를 걸었다. 밤새 복구작업을 했는지 다행히 연결 신호음이 들렸다.

―따르르릉 따르르릉

학범은 선영이 전화 받기를 기대했지만, 전화를 받은 사람은 선영의 어머니였다. 의아해 하는 선영의 어머니에게 학교 선배인데 근처를 지나가다가 선영이 영월에 있다길래 전화했다고 둘러댔다. 선영의 어머니는 선영이 그제 밤에 서울로 갔다고 했다. 선영도, 맑은 밤도, 별도 그날의 영월에는 없었다. 학범은 한동안 공중전화 박스에 서 있었다. 지난밤을 조롱하듯 햇살이 밝았고, 비가 그치고 바람도 잦아들었지만, 서 있던 모든 것들은 넘어지고 쓰러졌다.

서울로 돌아온 선영은 개강 준비로 바쁜 나날을 보냈다. 자신을 맴돌던 무엇에서 벗어난 시원함과 허전함에 주변을 둘러본 적은 있지만, 학범의 부재에는 무심했다. 선영은 서울에 와서 삼 일 후에 영월에서 서울로 오던 시외버스가 빗길에 미끄러져서 많은 사상자를 냈다는 뉴스를 아르바이트하던 가게에서 보았다. 크게 다친 부상자 중 한 명이 학범이라는 것은 시간이 흐른 후에 입에서 입을 통해 들었다. 그 사고로 학범이 한쪽 다리를 절게 되었다는 소식을 들었을 때, 폭염 속, 학보사 앞에서 자신을 기다리던 학범이 떠올랐다. 말뚝처럼 박혀 있던 자신의 두 다리와 함께.

선영은 돌아누웠다. 어두운 벽이 선영을 마주했다. 학범은 벽 같았다. 벽 같은 사람, 너무 답답했다. 학범이 다른 방식으로 다가왔다면 마음을 열었을까? 선영도 알 수 없었다. 지금이라면……거기에 생각이 미치자 선영은 벌떡 일어나 앉았다. 자신을 향한 수많은 질타를 모르지 않았다. 학범을 그렇게 만들고 사랑을 찾아 훨훨 떠났다는 질타. 듣지 않아도 들은 것과 다를 바 없었다. 과거를 '만약'이라고 가정하는 것은 어리석다고 한다. 선영은 더 이상 '그때 만약'이라는 끊임없는 가정과 어리석음을 끝내고 싶었다.

그녀 앞에서 커서가 깜빡거린다. 깜빡깜빡 어서 나를 옮겨달라고 신호를 보낸다. 언제 왔는지 동료는 오른손 엄지와 검지로 커서가 깜빡거리는 시늉을 하며 "모닝커피?" 했다. "응. 모닝커피" 그녀가 말했다. 동료가 머그잔을 그녀 앞에 놓았다.

─사랑이 뭘까?

오래전 학범이 그녀에게 했던 질문이다. 동료가 뜨악한 표정으로 이번 웹툰 스토리는 진부하게 가기로 했냐며 그녀의 어깨를 툭 쳤다. "복고도 나쁘지는 않지. 잘만 엮으면 괜찮겠네."라고 덧붙였다. 동료는 잘 해보라며 제자리로 갔다. 선영이 스위스로 가기 전에 한 번 더 만나기로 했던 약속이 떠올랐을 때, 진동이 울렸다.

─명우야, 나 삼 일 후에 스위스로 돌아가.

그녀는 알림창으로만 확인을 하고 뭐라고 답을 할지 생각을 고르고 있었다. 삼 일 후에 선영이 스위스로 돌아간다. 가기 전에 만나자고 하는 걸까? 카톡방을 열었다.

─떠나기 전에 학교에 가서 밥도 먹고 차도 마시자.

뜻밖의 제안에 그러자고 바로 답장을 보냈다.

그녀와 선영은 다니던 인문학관 앞에서 만났다. 학생회관에서 밥을 먹고 자판기 커피를 들고 캠퍼스를 거닐었다. 캠퍼스를 거닐기에는 좀 추웠지만 장갑 낀 손으로 커피를 들고 호호 불며 마셨다. 커피를 호호 불며 마시다가 호호 웃기도 했다. 캠퍼스가 크게 달라진 것은 없었지만 건물마다 리모델링을 해서 새로운 모습이었다. 둘은 어느새 캠퍼스를 한 바퀴 돌고 다시 인문학관 앞에 왔다. 학범 선배가 테이프를 끊고 영월로 출발했던 그곳이었다.

─여기서 학범 선배가 영월로 출발했어.

─그 애길 왜 지금 굳이.

—그때 내가 너한테 말을 했다면 학범 선배가 그렇게 안 되었을까?

—명우야, 나는 있잖아. 자꾸 과거를 되짚고 싶지 않아.

—그런데 나는 왜 자꾸만 만약에, 란 생각이 들까? 학범 선배 다리가 우리 모두의 책임이라는 생각을 떨쳐 버릴 수가 없어.

—그건 학범 선배의 선택이었어. 길이 어긋난 것도, 그날 날씨가 그랬던 것도 누가 책임질 일은 아니야.

—그래. 학범 선배의 선택이었지.

그녀는 그날 보았던 학범의 뒷모습과 배낭에 매달려 있던 운동화 한 켤레가 삶의 돌부리에 걸릴 때면 생각났다. 우리들은 다들 차선도 변경하고, 예고 없이 끼어들어 타인의 주행에 방해가 되기도 한다. 다들 그렇게 조금씩은 방해를 받고, 조금씩은 폐를 끼치면서 산다. 타인의 인생에서 방관자 역할을 하는 것도 스스로 선택한 삶의 한 방식일 뿐이다. 그녀는 자신도 모르게 학범을 수수방관한 자신의 태도에 일말의 책임을 느끼고 있었다. 그래서 학범과 선영에게서 벗어나지 못하고, 그들은 이미 건넌 길을 아직도 못 건너는지 모른다. 그녀는 커피를 마셨다. 커피가 찬 기운에 많이 식어 있었다. 식은 커피가 나름대로의 의미가 있듯이 그날들도 나름대로의 의미가 있다. 그 의미를 시간이 흐른 지금에 와서 뒤돌아보고 재해석할 필요는 없다.

이틀 후 선영은 놀러 오라는 말을 남기고 파란 눈의 남편과 딸이 기다리는 스위스로 떠났다. 서로의 길이 엇갈리고 가는 길이 달랐지만, 지금 그들은 잘살고 있다. 어린 시절 놀이터에서, 미끄럼틀에 올라가면 꼭대기 좁은 공간에서 옹기종기 있다가 세 갈래 다른 방향으로 뻗어 있는 미끄럼틀을 타고 내려왔다. 시작은 같았지만 미끄럼틀의 방향이 달라 내려온 후에는 서로의 얼굴을 볼 수 없었다. 그렇다고 그 방향이 틀린 건 아니다. 세상의 모든 길은 옳다. 단지 방향이 다를 뿐이다.

그녀는 컴퓨터 앞에 앉아 있다. 커서가 깜빡거린다. 어서, 나를 옮겨 줘. 그녀는 잡히지 않던 그들의 이야기를 쓸 수 있을 것 같다. 탁 탁. 커서가 한 걸음씩 움직인다.

길 에 서 묻 다.

'있었다'

처참했던 봄과 여름의 끝을 잡고 가을이 성큼 왔다. 선풍기나 에어컨 없이 창문을 열어 놓는 것만으로도 충분히 시원하더니 어느새 아침저녁으론 찬바람이 옷깃을 여미게 한다. 베란다 문을 열면 집 안에 앉아서도 나뭇잎의 떨림으로 바람이 부는 걸 알 수 있고 나뭇잎의 손짓으로 바람의 방향도 알 수 있다. 은행나무에 은행들이 노랗고 말간 얼굴로 옹기종기 모여 있다. 사람들도 저렇게 옹기종기 모여서 밥도 먹고, 차도 마시고, 마음껏 이야길 나누던 때가 '있었다.'

마음을 나눌 사람도, 공간도 허락되지 않던 시간을 견디니 선물 같은 가을이 왔다. 베란다 창을 꽉 채우고 있는 가을 잎들을 넋 놓고 바라보고 있는데 전화가 왔다. 친구였다. 뭐 하니? 그냥 있지. 수업 안 해? 응, 있었는데 없어졌어. 그럼 와. 지금? 어 지금. 그래. 친구의 한 마디에 후다닥 씻고 길을 나섰다. 동대역까지는 길지 않은 노선이지만 두 번의 환승을 해야 한다. 남산 산책이 아니면 청구역에 있는 우리들의 아지트 이디야 카페에서 만나곤 한다. 청구역은 환승을 안 하고도 만날 수 있는 최고의 접선지이다. 이것도 저것도 필요 없이 단지 친구가 보고 싶고, 친구와의 수다가 필요할 땐 그렇다.

지금은 동대역으로 간다. 늘 그렇듯이 친구가 몸담고 있는 교내 식당에서 밥을 먹고 남산으로 가기 위해서이다. 남산을 걷다 보면 우리가 다닌 여고가 있었다. 지금은 학교가 다른 곳으로 이전을 해서 없지만, 같은 장소에 옹기종기 모여 있던 다른 학교들은 그대로 있다. 유치원, 여전(지금은 여자대학교), 그리고 옆에는 노란 유니폼으로 유명했던 초등학교, 우리가 한 자락 깔고 보던 공고(지금은 아트고), 그 아래로 몇 걸음 내려가면 지금도 유명한, 서라벌예대가 전신인 학교가 있다.

동대역에 내려서 계단을 올라가니 친구가 개찰구까지 내려와 있다. 서로를 보며 크게 손을 흔들었다. 우리가 서로를 얼마나 목말라 했는지 말 안 해도 알 수 있다. 친구의 한 손에는 태극당 빵 봉지가 들려 있다. 그건 왜? 나의 눈짓에 친구는 빵 봉지를 들어 보이며 어어, 아직 학교 식당에서 밥을 먹을 수가 없어서 샌드위치를 샀다고 한다. 학교로 올라가는 가파른 길이 매년 힘에 부쳐지더니 기어이 숨이 턱에 찬다. 나는 그렇다 치고 너는 거의 매일 오르면서도 숨이 턱에 차면 어쩌니. 그러게 말이야, 내가 너보다 한 살 많잖니. 우리는 친구의 연구실 앞 벤치에 앉아서 샌드위치와 친구가 준비해 온 커피를 먹고 마셨다. 하늘이 하늘색이다. 구름도 없이 하늘색이다. 하늘에는 뭉게구름이 있어야 제격인데 망망대해처럼 파랗다. 우리 얼굴 본 지 꽤 됐지? 응, 그런데 자주 카톡을 주고받으니까 어제 본 것 같네. 그러게. 우리는 거의 40년을 먹어 온 태극당 샌드위치 맛이 세월 따라 변했네, 안 변했네 따위를 주장하며 시시덕거렸다. 우리는 시시덕거리는 시간을 한심하게 여겼었다. 친구도 나도 앞만 보고 열심히 달리던 시절이었다. 스스로 짊어진 일들을 해내느라 하루 24시간이 항상 부족했던 나날이었다. 친구는 그 길을 계속 갔고, 나는 노선을 바꿨지만 선택한 길을 달리느라 바빴던 건 마찬가지였다. 우리는 같은 길을 가다가 갈림길에서 각자의 길을 선택했을 때, 가지 않은 길에 대한 동경이나 미련은 없었다. 단지 더 이상 함께할 수 없다는 아쉬움이 있었을 뿐이었다. 선택한 길의 끝에 잘 도달했는지 아직은 모른다. 좀 더 살아봐야 알 일이다.

이제 슬슬 걸어 볼까? 그래. 우리는 남산으로 난 문을 통과해 사람들 속에 섞여 걷기 시작했다. 일상이 된 마스크를 쓴 사람들과 앞서거니 뒤서거니 걸었다. 천천히 가을을 만끽하며 걸었는데도 어느새 남산 서울타워가 눈앞에 나타났다. 지금은 레트로 시대라고 하는데, 레트로 식으로 표현하면 울긋불긋 총천연색이다. 머리부터 노란 물감, 빨간 물감을 흩뿌려 놓은 듯한 나무들은 가을의 자태를 뽐내고 있었다. 모처럼의 휴가를 맞은 듯 사람들이 꽤 많았다. 여기저기에서 감탄사가 터져 나왔고, 폰에 가을을 담느라 들뜬 표정들이었다. 우리도 가을을 배경으로 각자 한 컷, 둘이 한 컷 찍었다. 젊었을 때는 사진도 잘 안 찍었는데 이제는 남는 건 사진밖에 없다는 생각에 어딜 가도 흔적을 남긴다. 요즘은 촌스럽게 알록달록한 게 좋더라. 거 있잖아, 시골 다방 앞에 매달려 있던 꼬마전구들의 알록달록하던 불빛, 그게 요즘에는 그렇게 예쁠 수가 없어. 너도 그러니? 우리는 서로를 마주 보며 웃었다.

다시 길을 나서 유명한 삼순이 계단을 내려와 우리가 다닌 여고가 있던 곳까지 왔다. 교문을 중심으로 위아래로 뻗어 있는 가파른 길은 여전했다. 지각의 위기에 처한 아이들이 교복 치마를 잡고 헉헉대며 뛰어 올라가던 길이다. 뛰어 올라가는 아이들을 향해 교무부장 선생님이 지금부터 20명까지 통과고 나머지는 지각이다, 하고 소리를 지르는 순간 아이들은 죽기 살기로 달렸다. 죽기 살기로 달려도 달리기 능력에 따른 성패는 반드시 있어서 포기하는 아이들이 속출했고, 그 애들은 방과 후 화장실에 마대자루를 들고 나타났다. 체육시간에도 연좌제처럼 단체로 벌을 설 때면 삼순이 계단까지 뛰어갔다 와야 했는데, 선착순이었다. 끝에서 10명, 또는 5명, 어떤 날은 20명은 한 번 더 뛰어갔다 와야 했다. 물론 뛰어갔다 오든, 걸어갔다 오든, 그건 우리의 사유였다. 선생님도 그것까지는 관심을 두지 않았다. 걸어갔다 오는 것만으로도 충분히 힘들었고 벌의 효과가 있었으니까. 너도 기억나지? 교문 앞 오르막길을 보면서 묻자 친구도 당연히 기억난다고 했다. 그걸 어떻게 잊겠어. 우리들의 추억인데. 그래서 우리 여고 애들은 종아리에 알이 박혔잖니. 다리만 봐도 어느 여고 다니는지 안다고 옆 학교 애들이 그랬잖아. 맞아, 그랬었지.

  부쩍 짧아진 해가 지고 있다. 교문 앞에서 어느 쪽으로 내려갈까 잠시 생각하다가 명동역 쪽으로 가는 길을 선택했다. 학교로 가는 길은 남산에서 내려오지만 않는다면 두 가지 길이 있었다. 아스토리아 호텔 앞으로 해서 서울예전 정문과 리라초등학교 정문을 지나는, 길 건너편에는 영화진흥공사가 있는 길과 명동역에서 퍼시픽 호텔을 끼고 올라가는 길이었다. 명동 쪽으로 걸어 내려오면서 보니 불과 몇 년 전에 왔는데도 분위기가 더욱 바뀌어 있었다. 게스트하우스가 많아졌고 아기자기한 가게들이 많았다. 야자(야간자율학습) 하다가 배가 고프면 찾아갔던 분식집은 이미 없어진 지 오래였다. 출출한데 뭐 좀 먹을까? 나이 들면 배고픈 거 못 참는다더니 샌드위치 먹고 걸었더니 배고프네. 나도 배고프다. 우리는 퍼시픽 호텔 근처 중국집에서 나는 우동을, 친구는 짬뽕을 먹었다. 커피를 테이크아웃해서 을지로 4가까지 하릴없이 거닐다가 5호선을 타고 아직도 약수동에 사는 친구는 청구역에서 내렸다. 건강하게 잘 지내고 또 봐. 그래, 건강하고, 또 해. 지하철문이 닫히고 지하철이 어두운 굴 속으로 빨려 들어갈 때까지 친구는 그 자리에 서 있었다.

친구의 전화 한 통에 호사를 누린 하루였다. 호사의 대가로 다리는 뻐근했지만, 앞으로도 더욱 뻐근하겠지만 친구와의 동행은 무엇과도 견줄 수 없이 소중하다. 39년을 가까이서, 때로는 멀리서 지켜 온 우리의 우정은 올해 더욱 빛이 났다.

정 달 막

창작 노트

지난날을 기억하며
앞날의 꿈을 시로
엮어보고 싶습니다

가을의 울음

소나기 지나간 저녁
초승달 뜨고
밤바람도 청량한데

풀숲
가까이에서 들려오는
귀뚜라미 우는 소리

찌르륵
찌르르르

이리 들으면 예쁜 노래
저리 들으면 아린 울음

여름을 밀어내는 소리
아린 가을이 오는 소리

나의 지팡이

점점
혼자가 되어가는 날들이
슬픔만은 아닌 것은

함께하는 너 있음인 걸

그리움이란
닿을 수 없는
저 하늘의 별과 같기에

강물보다 더 많은 눈물로
쓰고 또 지우며
때로는
가슴을 데우기도 하지

아무렴 시는
새로움을 향해 함께 가는
낡지 않는 나의 지팡이

먼 하늘 별에 오가는 사다리

정 선 화

창작 노트

부비적거려서 먼지가 되어 버린 가슴털이
초겨울 서리로 조금 반짝이다 금세 잊혀졌습니다
살얼음 밟듯 아침문학에 올립니다

말을 탐하다

말이 있었다
길 났다고, 할머니는 질 났다고 발음하셨다

서먹하면 서먹함이 가고, 낯설면 낯섦이 가고
거칠어 에이는 살 막연히 가서
막연함도 가서
길 났다고 하였다

재활용 자루 옆 바닥에서
바구니 틀에 '버려주세요' 딱지를 붙이고
햇빛이 하얗게 담겨 있는 바구니
손때가 까맣다

거기 보았다
까맣게 보았다 익은 머루
솔기 없이 한 폭에 담아
하르르 하르르 씻어 주는 물든 잎

갓 낳은 염소
실낱같이 돌아오는 울음이
언 겨울 윗목 먹구름 깨어

산과 들판과
마을과 마당에 돌아온 울음이 그 밤
흰 눈처럼 내리고 또 내리고
잘 내리려고 아래로 내려서
길 났을까

분리수거 자루에 손때 나지 않은 빈 병과
포장재, 쓰던 물건을
부끄럽게 넣으며 탐하였다
까만 손때를

맨드라미

맨드라미가 자글자글 주름꽃이여요
토끼털 같은 주름이여요

그늘 없이
그늘로 기울어
기울이다 기울이다가 해는 져

맨드라미 작은 잎 받침에 켜 놓은
꽃불이여요

꽃불만
꽃불로만
고지 없이 능선
나날이 나날이 불어나는 행렬

기쁨 주유하여 기쁨
능선도 꽃불도 겨워 기울어
눈곱보다 작게 반짝 보인 듯

맨드라미 자글자글 꽃주름이여요
토끼털보다 환한 꽃불 주름이여요

아침문학회 연혁

2005년

- 유한근 교수 지도 아래 문학동아리 '글벗문학회' 결성
- 초대 회장으로 김혜순 수필가 선임
- 김귀옥 수필가 《한국수필》 수필 등단
- 유민자 수필가 《한국수필》 수필 등단
- 동인지 제1호 《글벗》 발간

2007년

- 글벗문학회 회장으로 이미랑 수필가 선임
- 동인지 글벗문학 2호 《푸른 휴식》, 신우출판사 발간
- 이정자 수필가 《한국수필》 수필 등단

2008년

- 동인지 글벗문학 3호 《봄길》 발간

2009년

- 글벗문학회 회장으로 주예선 수필가 선임

2010년

- 글벗 문학회 회장으로 유민자 수필가, 총무 조정희 선임
- 동호회 명칭 변경(5.18), '글벗문학회'에서 '아침문학회'로 변경

· '아침문학' 카페 개설(5.20)(cafe.daum.net/munchang2010)

2011년

· 동인지 글벗문학 4호《아침문학》발간
· 유민자 수필가, 수필집《내일은 괜찮을 거야, 라온하제》,
  책나무출판사 발간
· 박현규 수필가, 월간《수필과비평》, 10월호, 수필 등단

2012년

· 동인시집《아침시詩》, 도서출판 10시 발간
  지도 : 유한근 교수
  수록 회원 : 김귀옥, 김현주, 박미숙, 박소영, 박정숙, 박현규,
  안현진, 유민자, 이만길, 이영숙, 이영주, 이인환, 이자명(이노나),
  이정자, 조정희, 지미혜자, 차경애, 최은주, 하순희(19명)
· 이인환 수필가, 월간《수필과비평》, 2월, 수필 등단
· 유민자 수필가, 월간《수필과비평》, 문학평론 등단
· 이노나 시인, 계간《연인》, 여름호, 시인 등단

2013년

· 아침문학회 회장으로 김귀옥 수필가, 총무 차경애 선임
· 동인지 5호《아침문학》, 인간과문학사 발간
  지도 : 유한근 교수
  수록 회원 : 강미희, 김귀옥, 김도형, 김재근, 김중섭, 박현규,
  신용기, 안현진, 유민자, 이경구, 이만길, 이병애, 이언수,

이영국, 이인환, 이자명(이노나), 이정자, 차경애, 최성순,

최은주, 하순희, 황미영, 지미혜자(23명)

· 이정자 수필가, 수필집《나는 빨강이 좋다》, 인간과문학사 발간

· 안현진 수필가, 월간《수필과비평》, 수필 등단

· 박미숙 시인,《한국문인》, 4월, 시인 등단

2014년

· 아침문학회 회장으로 이정자 수필가, 총무 강미희 수필가 선임

· 김귀옥 수필가, 수필집《행복한 사진첩》, 인간과문학사 발간

· 김재근 수필가, 월간《수필과비평》, 3월, 수필 등단

· 강미희 수필가, 계간《인간과문학》, 겨울호, 수필 등단

2015년

· 아침문학회 회장으로 이인환 수필가, 총무 박미정 선임

· 동인지 6호《아침문학》, 인간과문학사 발간

지도: 유한근 교수

수록 회원 : 강미희, 김귀옥, 김재근, 김효경, 김효선, 박미정,

이경선, 이언수, 이인환, 이자명(이노나), 이정자, 이헌정, 정선화,

최광명, 최성순, 최은주, 하순희, 지미혜자(18명)

· 하순희 수필가, 계간《인간과문학》, 겨울호, 수필 등단

· 박현규 수필가, 격월간《문학광장》, 7.8월호, 시인 등단

· 이정자 수필가, 수필집《위로》, 인간과문학사 발간

· 유민자 수필가 겸 평론가, 수필집《안녕, 시간여행》, 인간과문학사
발간

· 유민자 수필가 겸 평론가, 제2회 '인간과문학인상' 수상, 《인간과
문학》 주관

2016년

· 아침문학회 회장으로 김재근 수필가, 총무 하순희 수필가 선임
· 시화전 개최(고덕평생학습관 로비, 6.1—15)
· 서울 평생학습축제 작품전시회 참가(올림픽공원, 10.14—16)
· 이언수 시인, 계간 《인간과문학》, 겨울호, 시인 등단
· 김효선 수필가, 계간 《인간과문학》, 겨울호, 수필 등단
· 김재근 수필가, 에세이집 《걸으며 생각하며》, 인간과문학사 발간

2017년

· 시 낭송회 개최(고덕 평생학습관, 2.22)
· 시화전 개최(고덕 평생학습관 로비, 3.1—5.31)
· 이정자 수필가, 수필집 《수를 놓다》, 인간과문학사 발간
· 이노나 시인, 격월간 《K—스토리》, 통권2호, 소설가(필명 이봄) 등단
· 김재근 수필가, 계간 《인간과문학》, 가을호, 시인 등단
· 이인환 수필가, 수필집 《각질》, 인간과문학사 발간
· 동인지 7호 《아침문학》, 인간과문학사 발간
  지도 : 유한근 교수
  수록 회원: 곽경옥, 김귀옥, 김도형, 김병무, 김재근, 박연희,
  봉영순, 이경선, 이언수, 이인환, 이자명(이노나), 이정자, 인선민,
  정선화, 정진이, 최은주, 하순희(17명)

2018년

· 아침문학회 회장에 이언수 시인, 총무에 인선민 소설가 선임

· 김병무 시인(김태현), 계간《인간과 문학》, 봄호, 시인 등단

· 이승현 소설가, 격월간《K—스토리》, 3월호, 소설 신인상 등단

· 임만규 수필가, 격월간《여행작가》, 5,6월호, 수필 신인상 등단

· 박연희 수필가, 격월간《여행작가》, 9,10월호, 수필 신인상 등단

· 김재근 수필가 겸 시인, 시집《형태소》, 인간과문학사 발간

· 동인시집《아침시詩》, 인간과문학사 발간

　지도 : 유한근 교수

　수록 회원: 곽경옥, 김귀옥, 김도형, 김재근, 김태현, 박연희,

　봉영순, 설권우, 신동현, 이나경(이정자), 이노나, 이승현, 이언수,

　이을기, 이인환, 이정이, 이준국, 인선민, 임만규, 정선화, 정진이,

　하은(하순희)(22명)

2019년

· 정달막 시인, 계간《인간과문학》, 봄호, 시인 등단

· 임만규 시인, 계간《시조문학》, 봄호, 시조작가상 등단

· 이노나 시인, 시집《마법 가게》, 인간과문학사 발간

· 김재근 시인, 제2회 '더좋은문학상' 수상, 인간과문학 작가회 주관

· 봉영순 시인, 계간《인간과문학》, 가을호, 시인 등단

· 이정이 시인, 계간《인간과문학》, 겨울호, 시인 등단

· 이인환 시인, 계간《인간과문학》, 겨울호, 시인 등단

· 동인지 8호《아침문학》, 인간과문학사 발간

　지도 : 유한근 교수

수록 회원 : 곽경옥, 김귀옥, 김상옥, 김재근, 김태현, 박연희,

봉영순, 신동현, 윤균철, 이노나, 이승현, 이언수, 이영옥, 이인환,

이정이, 이정자, 이정화, 인선민, 정달막, 정선화(20명)

· 김재근 시인, 시집《삶의 의미》, 인간과문학사 발간

· 이인환 시인, 시집《태어나다》, 인간과문학사 발간

· 이정이 시인, 시집《숨은 꽃》, 인간과문학사 발간

2020년

· 이정이 시인, 시집《외딴섬》, 인간과문학사 발간

· 이정이 수필가, 에세이《푸른 기와집》, 인간과문학사 발간

· 김재근 시인, 시집《문사동問師洞 가는 길》, 인문엠앤비 발간

· 박연희 수필가, 계간《인간과문학》, 겨울호, 수필가 등단

· 동인지 9호《아침문학》

지도: 유한근 교수

수록 회원 : 곽경옥, 김귀옥, 김상옥, 김재근, 김희숙, 박연희,

봉영순, 신동현, 이노나, 이승현, 이언수, 이영옥, 이인환, 이정이,

이정자, 이정화, 인선민, 정달막, 정선화(19명)

편집후기

    2020년을 한마디로 표현하면 멈춤이다. 가다서다를 반복하는 쉬엄쉬엄 가는 해였다.

    동전에도 앞면과 뒷면이 있고, 음지가 있으면 양지가 있듯이 정체 모를 괴물에도 양면성은 있다. 자동차도 멈추고 비행기도 멈추고 바삐 돌아가던 기계도 멈추었다. 덕분에 하늘은 유난히 드높고 맑았다. 미세먼지도 없고, 대기오염도 줄어들었다. 일상에 매몰되어 시속으로 달리던 사람들은 두 다리로 걷기 시작했다. 걸으면서 평소에 보이지 않던 것들을 보게 되었고, 스쳐 지나가던 것들에도 시선을 주게 되었다. 관계가 멈추고 혼자의 시간이 늘면서 각자의 시공에서 사색의 우물과 마주했다. 깊은 우물 속에 두레박을 내려 시를 건지고, 수필을 건지고, 소설을 건졌다. 작가에게는 창작의 시간이 필요하다. 오롯이 혼자 견뎌야 하는 시간이다.

    《아침문학》은 우리가 견뎌낸 크고 묵직한 결과이다. 앞으로도 우물은 마르지 않을 것이고, 두레박질은 계속될 것이다.

    불연속적인 만남에서도 지속적이고 열정적인 지도를 해주신 유한근 교수님께 감사드립니다. 《아침문학》 발간에 도움을 주는 이노나 편집장께도 감사드립니다.

    《아침문학》이라는 울타리 안에서 동고동락하는 문우들께도 감사드리며, 건필을 기원합니다.

—인선민 (아침문학회 총무)

이정이 시집《외딴섬》

이정이 에세이《푸른 기와집》

김재근 시집《문사동問師洞 가는 길》

아침문학 제9호

포스트 코로나19를 위하여

아침문학

초판 인쇄 | 2020년 12월 24일
초판 발행 | 2020년 12월 31일

지은이 | 김귀옥
펴낸이 | 이노나
펴낸곳 | (주)인문 엠앤비

주 소 | 서울특별시 종로구 북촌로 135
전 화 | 010-8208-6513
등 록 | 제2020-000076호
E-mail | inmoonmnb@hanmail.net

값 12,000원
ISBN 979-11-971014-8-9 03800

이 도서의 국립중앙도서관 출판시도서목록(CIP)은 서지정보유통지원시스템 홈페이지
(http://seoji.nl.go.kr)와 국가자료공동목록시스템(htpp://www.nl.go.kr/kolisnet)에서
이용하실 수 있습니다. (CIP제어번호: CIP2020054376)

Printed in KOREA